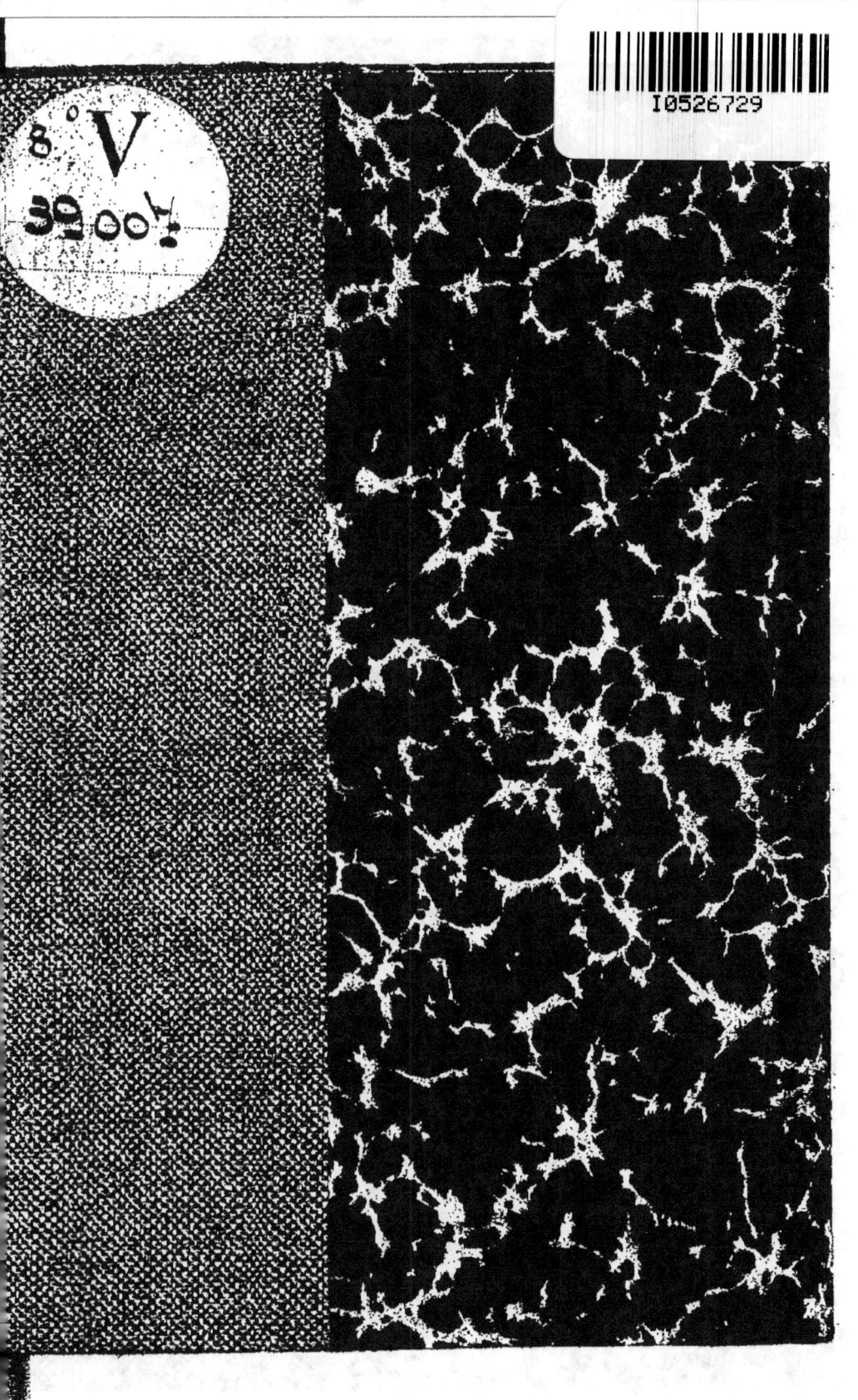

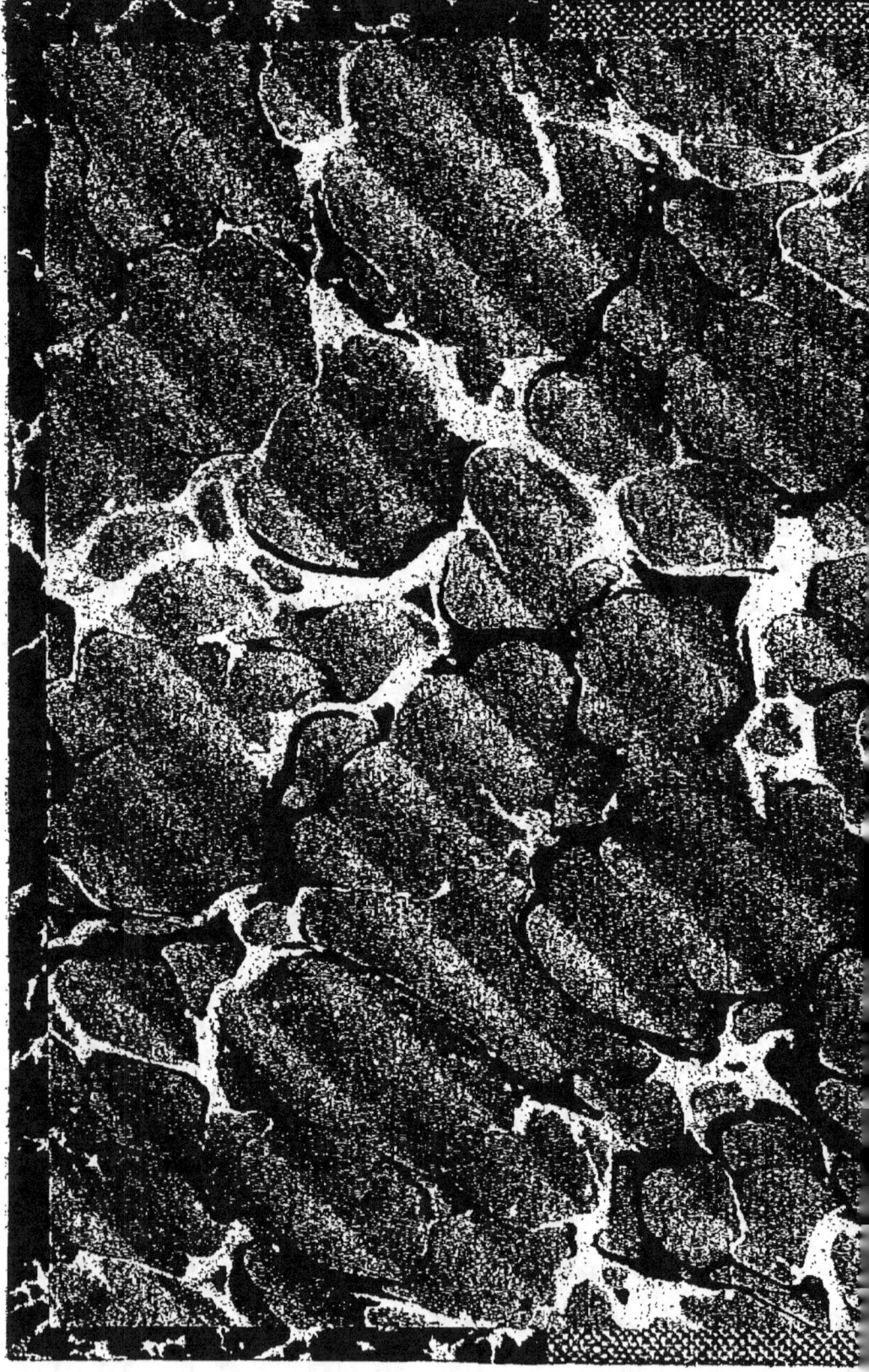

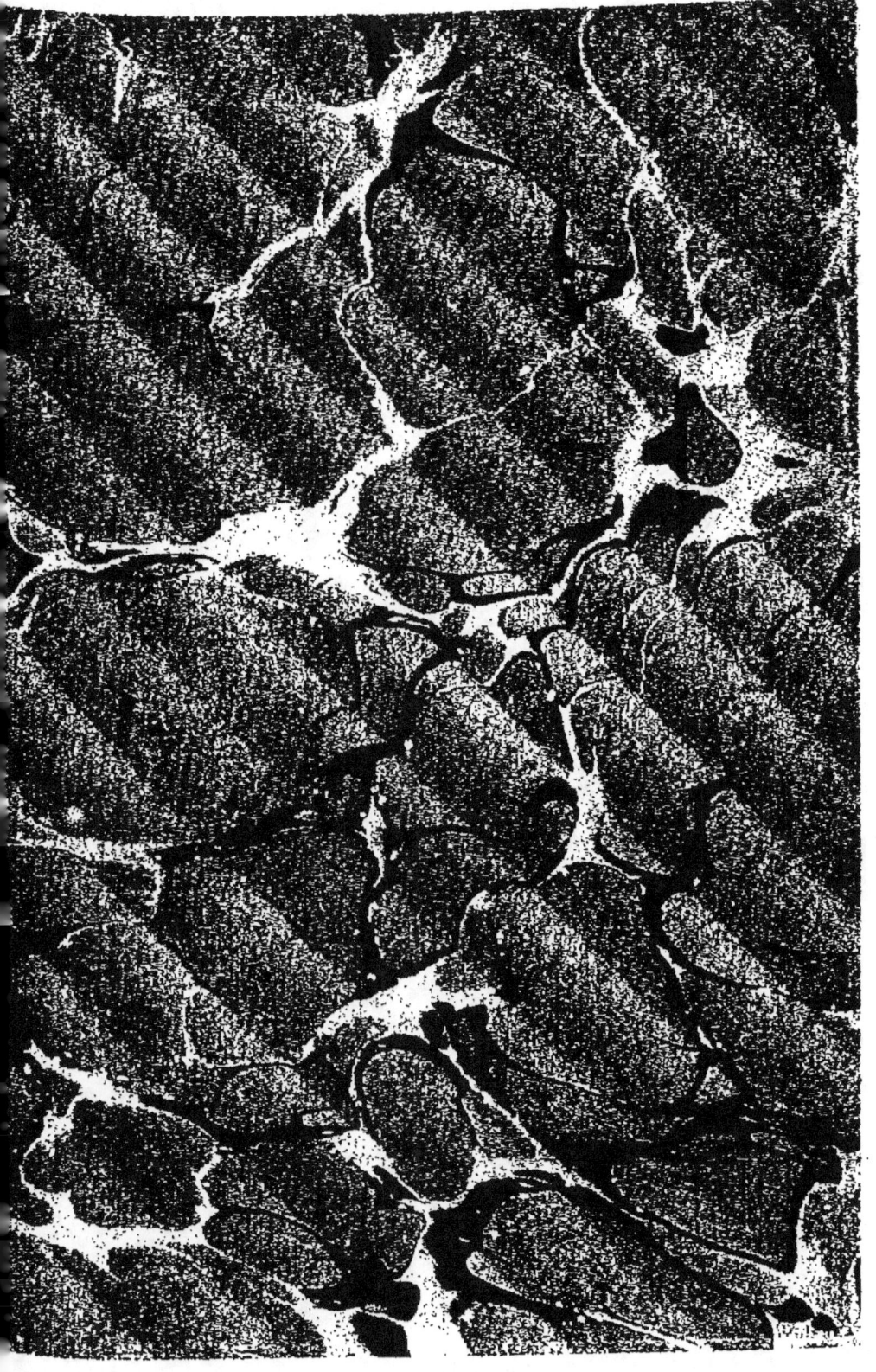

LES SPORTS POUR TOUS

L'ESCRIME

FLEURET, ÉPÉE, SABRE

PAR G. DE VAURESMONT

L'ESCRIME

L'ESCRIME

FLEURET, ÉPÉE ET SABRE

PAR

G. DE VAURESMONT

Préface de RUZÉ

ÉDITIONS NILSSON
73 Boulevard St Michel
Paris

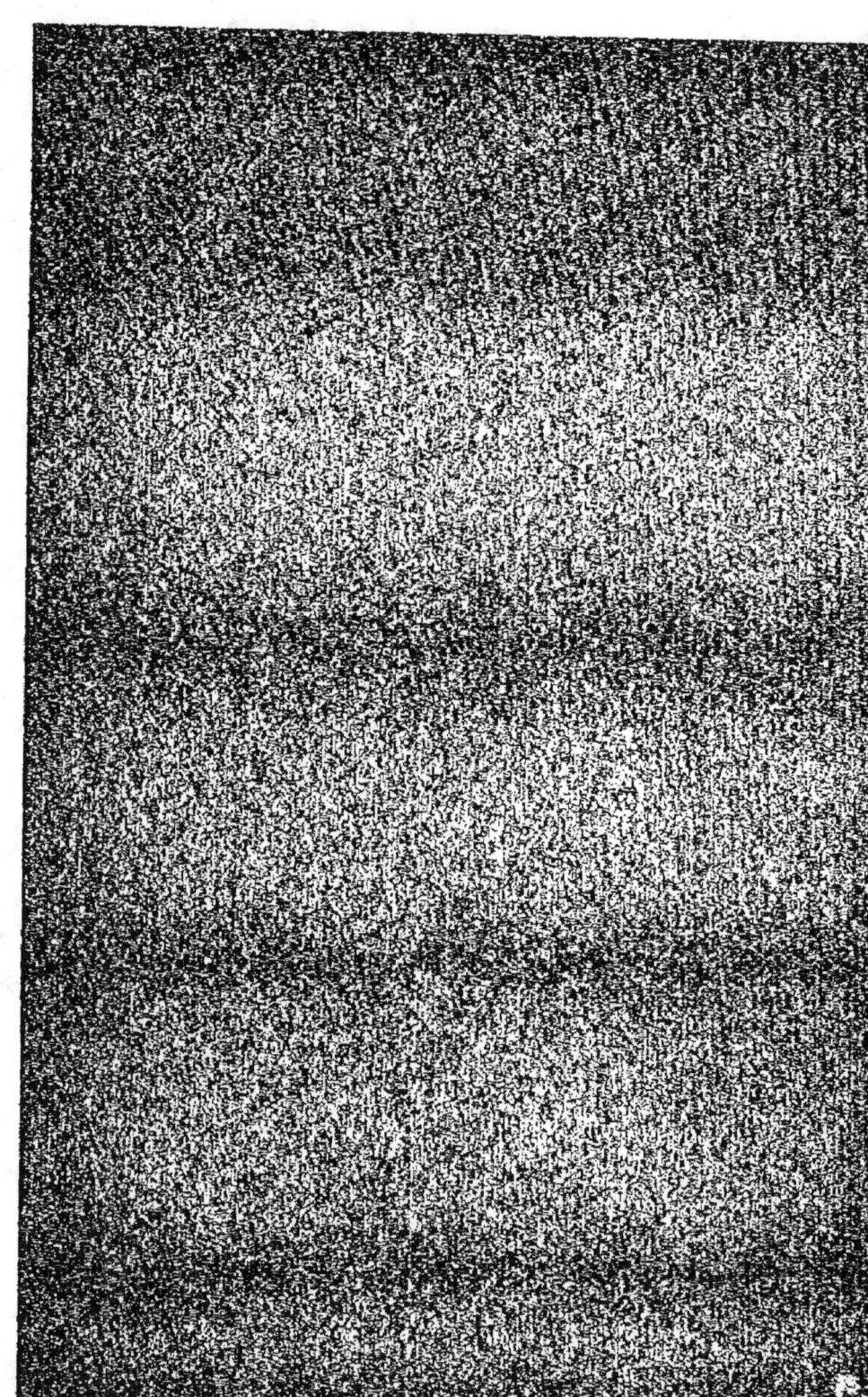

PRÉFACE

La collection des *Sports pour tous* que M. G. de Vauresmont continue par l'*Escrime* (Fleuret-Épée-Sabre) pourra être consultée aussi bien par les anciens que par les jeunes. Les uns et les autres prendront intérêt à la lecture de ces différents ouvrages où les principes de chaque sport sont analysés consciencieusement.

En ce qui concerne l'*Escrime*, les anciens éprouveront peut-être le regret de n'être plus jeunes, mais nos futurs espoirs de la lame s'affermiront dans le sentiment qu'il n'y a d'avenir en escrime que par le plastron.

C'est ainsi que nos anciens *jeunes*, Joseph Renaud, Delaunay-Fradin, Ducret, Goulin, Boulant, J. Foule, et tant d'autres, après avoir été de brillants scolaires sur le linoleum sont devenus de forts amateurs.

L'Escrime, de M. G. de Vauresmont, me paraît appelé à exciter le goût et la pratique des armes.

Félicitons-le donc de l'avoir mis en pied pour la plus grande gloire de l'escrime française.

RUZÉ,

Professeur au lycée Condorcet
Vice-Président de l'Académie d'Ygrec.

L'ESCRIME

Historique.

Le mot „Escrime" est d'origine récente: il vient de l'italien *Schermire*, dérivé de l'allemand *Schirmen*, se battre; mais l'art remonte assez haut dans l'histoire de l'humanité, témoin les combats des gladiateurs, si fort en honneur chez les Romains.

Au moyen âge, l'escrime consistait surtout à courre le *faquin*, sorte de mannequin de bois ou de paille, dont on se servait comme plastron, dans l'exercice de la lance, ou à combattre à la *genette*. La genette était une demi-pique, qui armait les genétaires, cavalerie légère vêtue

à la moresque, et que l'on trouve, jusqu'au
XVIe siècle, dans les armées espagnoles.

L'escrime moderne prit naissance en Espagne,
sous le règne de Charles-Quint et, de là, passa
en Italie, où elle fit florès. Pendant deux ou
trois cents ans, les Italiens furent les professeurs d'escrime de l'Europe entière. Ce n'est
qu'à l'époque de Henri II que les Français
commencèrent à leur disputer la maîtrise de
l'escrime. Sous Louis XIII et Louis XIV,
l'art de manier l'épée devint tout à fait
français, au point que ni les édits draco-
niens du cardinal de Richelieu, ni toutes les
lois sorties, depuis lors, de l'âme humanitaire
des législateurs, ni les objurgations éplorées
des philosophes, n'ont réussi à l'extirper de
nos mœurs.

Jusqu'au milieu du XVIIe siècle, la seule
escrime en usage fut l'escrime à l'épée.

Alors, sous l'influence de la civilisation et
de l'adoucissement des mœurs, devant les

dangers que présentait, entre des mains inexpérimentées, le maniement d'une arme dont les blessures étaient presque toujours graves, on inventa, pour en apprendre l'usage, une arme de démonstration, une épée fictive, plus légère, plus souple, qui est le fleuret, terminé par un bouton recouvert de peau.

On étudia ainsi, sans péril, la science qui devait guider le combat à l'épée; de même apprend-on la grammaire pour savoir le français, l'harmonie pour connaître la composition musicale.

Le fleuret conquit rapidement son droit de cité lorsque, il y a environ vingt-cinq ans, il se trouva des gens, amateurs ou professeurs, pour se dire: „A quoi bon le fleuret? N'est-ce pas à l'épée qu'on se bat? Le fleurettiste fait un tireur élégant, soit! Mais qu'il aille sur le terrain et se trouve en face d'une épée, il sera embroché en un clin d'œil, ou plutôt d'épée."

Il est certain que l'escrime au fleuret n'est presque en rien semblable à l'escrime à l'épée.

A l'agilité, à la vivacité, à la rapidité, à la souplesse et, il faut bien le dire, à l'élégance du tireur de fleuret consommé, le tireur d'épée oppose la rigidité du bras tendu et de la pointe toujours en ligne; le mouvement des jambes — avancer, reculer — est insignifiant; la garde, l'allonge, le but, les moyens, tout change. La préoccupation de la pointe menaçante, qui peut partout piquer, semble geler les combattants, tandis que le bouton du fleuret ne doit légalement atteindre que le plastron et, en tous cas, est inoffensif.

Bien entendu, les fervents du fleuret soutenaient mordicus la thèse inverse.

Pour eux, la fin finale de l'escrime au fleuret n'était pas uniquement la réussite du triplé ou du „une! deux! trompez le contre!" mais la sûreté de l'œil, la souplesse des doigts et du poignet et, surtout, la qualité indispensable sur le terrain, la fixité de la pointe. Or, rien, sinon la leçon du plastron, ne la peut fixer.

Et c'est également notre avis. Tout tireur connaissant bien le fleuret sera toujours plus fort que celui qui ne sait que l'épée. Non, bien entendu, qu'il suffise d'être un remarquable fleurettiste pour n'avoir rien à craindre en face d'une épée; opposez sur le terrain à un fleurettiste un épéiste exclusif, celui-ci aura certainement l'avantage; mais que le premier pratique seulement, pendant quelque temps, le maniement de l'épée, il se jouera sans peine de son adversaire.

Un fait est resté présent à ma mémoire, qui m'en fournit la preuve.

Au premier tournoi d'épée du *Figaro*, les tireurs de fleuret, attirés par la nouveauté de ce sport, et qui n'avaient aucune notion du tir à l'épée, firent piètre figure. Un an après, les tireurs à l'épée n'obtinrent que les plus modestes récompenses.

Pourquoi? Parce que l'escrime au fleuret est un sport plus complet que l'escrime à l'épée. Cette feinte, allongée, rapide, puissante, cette libre action des muscles, aidée par la volonté, cette mobilité continuelle de la lame, ce but si restreint, si difficile à atteindre, savez-vous ce qui en résulte? La vigueur, la souplesse des membres, l'intelligence, le jugement, la vivacité de l'esprit.

Dans l'escrime à l'épée, au contraire, que voyons-nous? Les bras travailler un peu, les jambes pas du tout. Est-ce dans une fente que s'assouplissent les articulations? Il n'y en a pas, ou guère. Peut-on se livrer, même exceptionnellement, à un élan généreux? Jamais! On risquerait de s'embrocher sur la pointe de l'adversaire. Donc, exercice incomplet, où les muscles restent sans ressort, partant, sans vie.

Et n'est-il pas compréhensible qu'un escrimeur, doué, par une sérieuse étude du fleuret, d'une grande vigueur et d'une redoutable élasticité de jambes, en même temps que d'une précieuse vivacité d'esprit, remporte sur un tireur d'épée un avantage décisif, s'il a pris soin d'étudier quelque peu le changement de sol, d'apprendre à garder toutes les parties de son corps et à menacer certaines régions, comme la tête, interdite au fleuret.

Il n'y a donc qu'une escrime, c'est le fleuret. L'épée, très attrayante, je le reconnais, n'en est que le complément.

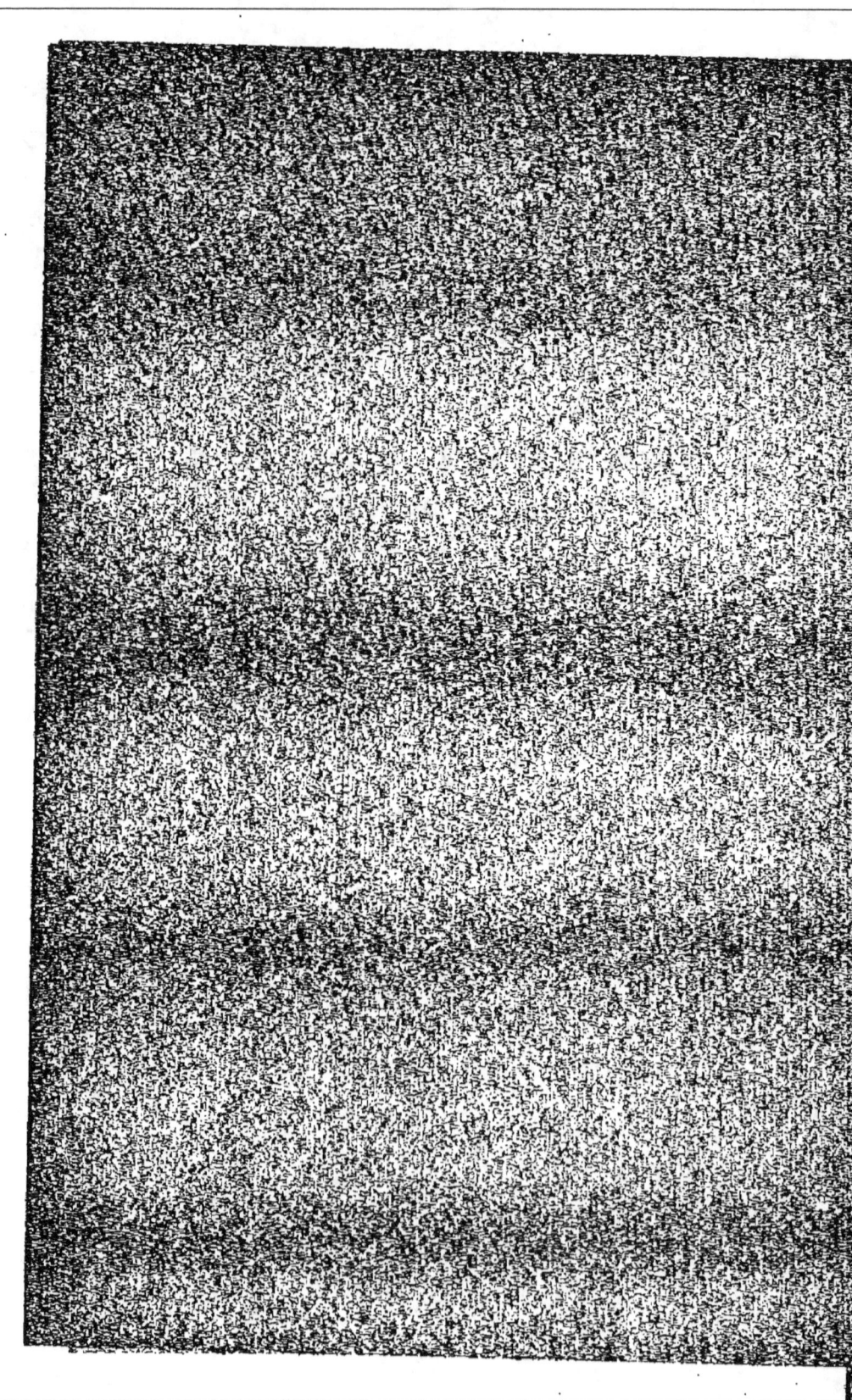

LE FLEURET

Quelques considérations

Donc, nous commencerons cette étude par le fleuret, préparation naturelle et indispensable à l'escrime à l'épée.

Tout le monde sait, même ceux-là qui restent le plus étrangers à l'escrime, que le fleuret est une lame carrée, sans tranchant, terminée par un bouton, le plus souvent recouvert, par précaution, d'une peau destinée soit à amortir le coup, soit à laisser sur le plastron la trace de ce même coup.

C'est par le fleuret que l'on se mettra le mieux en mesure de justifier la définition de l'escrime, que donne un personnage d'une comédie de Molière, « l'art de donner et de ne point recevoir ». Impossible de mieux dire.

Cet art était, certes et fort heureusement, plus utile à l'époque du Grand Roi que de nos jours, où les bretteurs et les duellistes de profession ont disparu, où l'on ne tire plus l'épée à tout bout de champ ou de route, dans une rue déserte ou sous les arbres de la place Royale.

Et si nous voudrions que chacun de nous possédât de l'art du fleuret une connaissance étendue, ce n'est pas dans l'espoir de voir ressusciter les mœurs et les hommes de jadis. Mais l'escrime au fleuret est un sport complet, c'est-à-dire que, à l'exemple du football, par exemple, il met en égal mouvement la matière et l'esprit; il développe la vigueur, la souplesse, l'agilité, la résistance des membres et il oblige l'esprit à la vivacité, au jugement, au courage, au sang-froid.

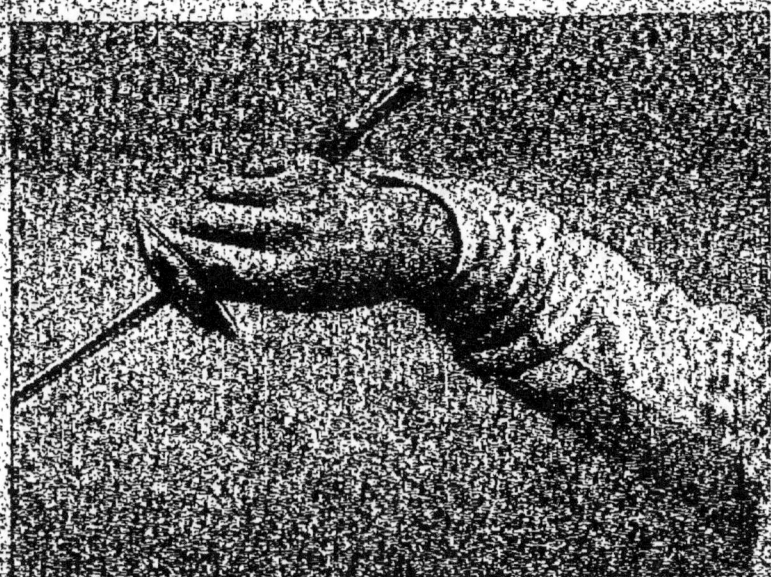

Prime.

Seconde.

Nul besoin de devenir ce qu'on appelle un escrimeur. D'abord, il est certain que le nombre des jeunes gens, destinés à briller comme premiers sujets, est limité, et que, d'ailleurs, l'utilité sociale de ces premiers sujets reste très relative. Il faut, surtout, considérer l'escrime comme un sport athlétique, et, à ce titre particulier, la prendre en sérieure considération. Les névropathes, les malades imaginaires, les malingres, les ratés, y trouveront l'adoucissement certain de leurs souffrances, vraies ou fausses, et avec l'équilibre de leur cervelle, la régénération de leurs facultés atrophiées.

Puis, malgré que les idées de civilisation et de fraternité aient fait leur chemin et peu à peu nivelé les angles, le sentiment de l'honneur n'est pas moins vif aujourd'hui que jadis, ni le caractère français moins bouillant. Le duel est encore fréquent. Chacun peut, à un moment donné, être provoqué ou se croire

Tierce.

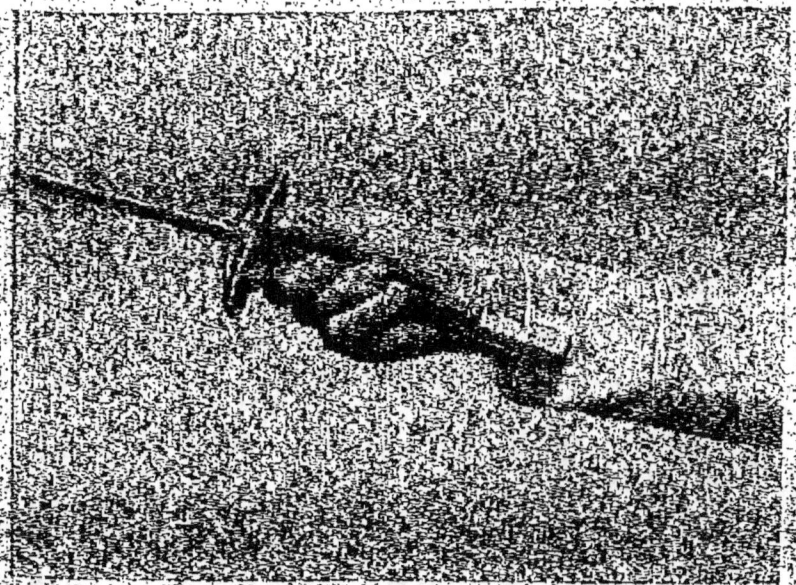

Quarte.

obligé à une rencontre. A ce point de vue,
également, il est bon de connaître le maniement
des armes de main.

Double raison pour se livrer aux soins d'un
professeur d'escrime.

Conseils.

On doit commencer l'escrime de bonne heure,
de 15 à 18 ans, suivant la constitution; c'est
l'âge où le corps jouit le plus de sa souplesse.
Mais il ne faut pas oublier que l'escrime au
fleuret est un sport violent; donc, sage pro-
gression dans le temps que l'on passe sur la
planche. Le maître que vous avez choisi,
parmi ceux qui ont vraiment l'amour raisonné
de leur art, sera d'ailleurs un guide excellent.
Il vous placera lui-même en garde et vous
surveillera, jusqu'à ce que vous preniez, sans
y penser, la position que vous devez toujours
conserver.

Ceci fait, et bien fait, ne vous amusez pas,

sous prétexte que vous faites parti d'une salle
d'armes, à tirer, chez vous ou ailleurs, avec le
premier venu. Travaillez seule la leçon que
vous aura donné, le matin, le maître; ne tirez
qu'avec son autorisation et avec lui.

Lorsqu'il vous aura permis de tirer, de faire
assaut, ne tirez qu'avec de plus forts que
vous, et assez forts pour ne se laisser toucher
que si vous le méritez. D'abord, on n'apprend
qu'avec plus fort que soi, puis vous éviterez
ainsi les habitudes vicieuses, dont on ne peut
plus se défaire. Enfin, vous y gagnerez de la
confiance.

Mais vous voilà possesseur d'une bonne force
moyenne et votre maître vous a permis de
faire assaut. Les assauts sont de deux sortes:

1° Les assauts d'étude, pour lesquels vous
vous appliquerez, sans nuisible innovation, à
ne vous souvenir que des leçons reçues;

2° Les assauts d'ambition, où il faut toucher
le plus possible et recevoir le moins possible,

car le point d'honneur est en jeu. Dans ceux-ci,
on est libre de sa tactique ; toutes les feintes
ou tous les moyens d'intimidation sont bons.

L'arme.

Le fleuret comporte une lame, une garde,
une poignée et un pommeau. La première
moitié de la lame, du milieu à la poignée,
se nomme le *fort ;* la seconde, du milieu au
bouton, le *faible.*

Garde de fleuret.

On tient le fleuret, le pouce
près de la garde, allongé sur
le dos de la poignée, serrée
entre la première phalange
du pouce et la seconde
phalange de l'index ; les trois autres doigts à
plat sur le côté, légèrement en dessous, restant
mobiles et ne serrant la poignée que pour
résister à une secousse vigoureuse.

Les positions.

Les trois positions fondamentales sont :

1ère position. — Les talons joints, les jambes tendues sans raideur, les genoux réunis, autant que possible, car cela dépend un peu de la conformation du tireur ; les pieds formant équerre, le droit dirigé vers l'adversaire ; le corps d'aplomb ne se présentant que de trois quarts ; le bras droit bien allongé dans le prolongement de l'épaule, et tenant le fleuret, les ongles en dessus ; le bras gauche tombant naturellement le long de la jambe.

2ème position. — *La garde.* — La garde est la position propre, par excellence, à la défense et à l'attaque. Elle doit être observée avec rigueur. La main droite est baissée, les ongles en dessous ; la porter vers la main gauche qui saisit la lame, sans la serrer ; lever les deux bras arrondis au-dessus de la tête ; abandonner l'arme de la main gauche, le bras

Les talons joints, les jambes réunies.

gauche demi-tendu, l'extrémité des doigts à hauteur de l'œil, les doigts souples et tombants; placer la main droite en face de la

poitrine, un peu au-dessous du pectoral droit,
le bras demi-plié, la pointe à la hauteur du
milieu de la poitrine de l'adversaire; fléchir

La Garde.

légèrement sur les genoux; porter le pied
droit de deux longueurs environ, perpendicu-
lairement à la direction du pied gauche; la
pointe du genou droit perpendiculaire au coup-

de pied droit, le genou gauche avant et légèrement en retrait, en arrière de la pointe du
pied gauche; le poids du corps également ré-
parti sur les deux jambes.

Le développement

3me position. — Le développement. — Allonger
vivement le bras droit, la main à hauteur des
yeux, les ongles en dessus; tendre le jarret
gauche, la jambe se portant en avant, le pied
glissant sur le sol et s'y posant à plat, sans le

frapper, et le pied gauche bien à plat, la pointe du pied droit maintenue dans la direction du genou, le talon droit à quatre longueurs de pied du talon gauche, suivant la taille du tireur; baisser le bras gauche, les doigts ouverts et joints, sans toucher la jambe; le corps toujours droit, car l'incliner en avant gêne et paralyse la remise en garde. Pour se redresser, ramener le bras droit demi-tendu à la première position, replier le jarret gauche.

Les lignes.

Les lignes sont les parties idéales de l'espace qui s'étendent de chaque côté du fleuret.

La ligne de *dedans* se trouve sur le côté gauche du fleuret; la ligne de *dehors* occupe le côté droit.

Dans chacune de ces lignes, le fer peut être engagé en *ligne haute* ou en *ligne basse*; c'est-à-dire dans les lignes qui se trouvent au-dessus de la main, ou dans celles qui se trouvent en dessous.

Les engagements.

On admet huit façons d'engager le fer, donc huit attaques différentes et huit parades principales :

    1° — L'engagement de *prime*.
    2° — L'engagement de *seconde*.
    3° — L'engagement de *tierce*.
    4° — L'engagement de *quarte*.
    5° — L'engagement de *quinte*.
    6° — L'engagement de *sixte*.
    7° — L'engagement de *septime*.
    8° — L'engagement d'*octave*.

Ici, une anomalie. L'ordre traditionnel des engagements a été religieusement conservé, alors que ce n'est pas celui de leur emploi ordinaire : l'engagement de prime est exceptionnel ; les engagements de quarte et de sixte sont d'un usage courant. Mais il faudrait, pour en donner les motifs, recourir à un développement historique, qui sortirait du cadre de cette notice au but exclusivement pratique.

Dans la ligne basse. — Si le fer est engagé dans la ligne basse et en dedans, le tireur se trouve, soit en *septime*, les ongles en dessus, soit en *prime*, le poignet renversé; en dehors, il est, soit en *octave*, les ongles en dessus, soit en *seconde*, les ongles en dessous.

Dans la ligne haute. — En dedans, on se trouve, ou en *quarte*, les ongles presque en dessus, ou en *quinte*, les ongles en dessous, ou en *tierce*, où ils sont également en dessous, ou à peu près.

Les attaques.

Les attaques sont au nombre de trois:

1º — L'attaque *simple*;
2º — L'attaque *composée*;
3º — Le *coupé.*

1º — L'*attaque simple* ne comprend qu'un mouvement. Elle se fait par *coup droit*, par *dégagement* et par *coupé.*

Le *coup droit* s'explique de lui-même: c'est le plus simple des coups simples; c'est l'action

qui dirige la pointe de l'arme vers la poitrine
de l'adversaire, en ligne droite, sans changer

Parade de quarte.

de ligne; c'est le mouvement qui termine tous
les coups.

Le *dégagement* fait passer la pointe d'une
ligne dans une autre, avant de la diriger vers
la poitrine de l'adversaire. On dégage de ligne
haute à ligne basse, et réciproquement, ou de

ligne haute à ligne haute, de ligne basse à ligne basse. Les dégagements les plus usuels se font, dans la ligne haute, de *quarte* à *sixte* et de *sixte* à *quarte*.

Pour dégager de ligne haute à ligne haute, on fait passer sa pointe sous le fort de la lame adverse ou sous l'avant-bras, suivant la distance qui sépare les tireurs; de ligne basse à ligne basse, c'est l'inverse.

Le *coupé* est un dégagement particulier, qui fait passer la pointe par-dessus la lame, pour aller de ligne haute à ligne haute.

2° — Les *attaques composées* sont celles où, avant le coup droit final, le tireur a eu recours à une ou plusieurs *feintes* ou à une ou plusieurs *attaques au fer*.

La *feinte* est une fausse attaque, qui attire dans une ligne le fer de l'adversaire, afin de *toucher* dans une autre ligne, ou, mais plus tard, dans cette même ligne. La feinte du coup droit se nomme *menace*.

Septime.

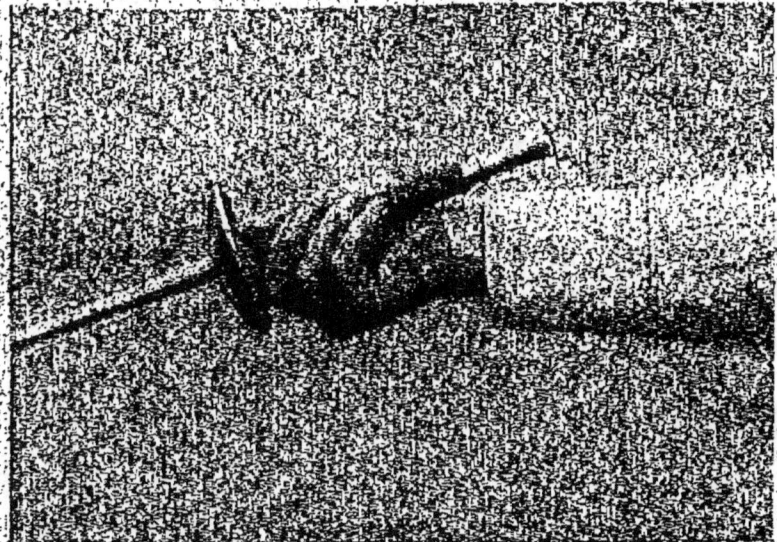

Octave

2

La feinte, exécutée avec décision, est pour un tireur la pierre de touche du sang-froid et de la force de son adversaire; la feinte nette et hardie, trahit le plus souvent ses parades favorites et aide à les tromper.

Les attaques composées les plus fréquentes sont:

1° — Les coups dits: *une ! deux !* trompant une parade simple par une feinte de dégagement;

2° — Les coups dits *doubles*, trompant une parade de *contre* par un *contre-dégagement*;

3° — Les coups dits *une ! deux ! trois !* trompant deux parades simples par deux feintes de dégagement.

4° — Les *attaques au fer* sont un excellent moyen de dérouter l'adversaire, en l'attirant là où on ne veut pas l'attaquer et de déplacer sa feinte trop menaçante, pour se frayer le chemin de son corps. Il y a plusieurs façons d'attaquer le fer: le *double engagement*, le *battement*, le *faux battement*, le *froissement*, le *liement*, le *croisé*.

Une attaque en hauteur est celle qui s'exécute de haut en bas ou de bas en haut. Simples
ou composées, toutes les attaques se font ou de
pied ferme, ou en marchant, ou après la marche.

Le *battement*, c'est un petit coup sec appliqué
sur le fer de l'adversaire.

Le *froissement*, c'est un coup violent, suivi
d'un glissement de haut en bas, appliqué
sur le fer.

Le *double engagement*, assez mal nommé,
puisque l'engagement n'est pas une attaque
au fer, c'est frapper le fer dans les deux
lignes; on devrait dire double battement par
engagement dans les deux lignes.

Le *liement*, c'est envelopper le fer adverse
par son propre fer; le liement est autant une
parade qu'une attaque.

Le *croisé*, qui est également une attaque et
une parade, consiste à décrire un arc de cercle
autour du fer, pour le faire passer d'une ligne
basse dans une ligne haute, et réciproquement.

Les parades.

La *parade* est le coup qui détourne le fer de l'attaquant. Les parades sont *simples* ou

Parade de quarte basse.

composées. Simples, elle font dévier le fer dans la ligne même où il se présente. Composées, elles agissent sur toutes les lignes et sont aussi nombreuses que les attaques, car chaque attaque comporte une parade.

Il y a, également, autant de parades simples que d'engagements, c'est à dire huit, et elles portent le même nom : *prime, seconde, tierce, quarte,* etc..... Ce sont les parades *horizontales.*

Les parades *circulaires,* dénommées *contres,* sont le contre de prime, de seconde, de tierce, de quarte, de quinte, etc..., Elles renvoient, par un mouvement circulaire, le fer du côté opposé à celui où il se dirige ; après la parade, le tireur se retrouve dans la même ligne qu'avant l'attaque.

Soit, au total, seize parades simples.

Le contre de quarte est la plus usitée de toutes ; il permet de protéger tout le corps.

Les ripostes.

La *riposte* est l'action du tireur, qui, aussitôt la parade, cherche à atteindre l'adversaire.

Elle est directe ou composée. Directe, dans la ligne même où a eu lieu la parade ; composée, en changeant de ligne.

On la dit encore à *temps perdu*, lorsque, suivant les mouvements de l'attaquant, on laisse un léger intervalle après la parade.

La riposte directe, du *tac au tac*, est celle qui suit, immédiate, une parade sèche et détachée, et s'exécute le plus rapidement possible.

Toutes les ripostes se font *sans se fendre*, *en se fendant*, ou *en restant fendu*.

La riposte *d'opposition* est celle qui se fait sans quitter le fer, après une parade d'opposition.

La *contre-riposte* suit la parade d'une riposte.

Les temps.

On a souvent réuni, sous la dénomination concise de *temps*, le *coup de temps* et le *coup d'arrêt*, car ils ont ce commun caractère de se tirer sur une attaque de l'adversaire. Mais, en réalité, il y a deux opérations distinctes:

Le *coup de temps* est l'opposition à une attaque dont on a prévu le coup final. En

devinant, en quelque sorte, le moyen suprême
de l'attaquant, on arrive, tantôt à l'intercepter,
en barrant la ligne où il se doit produire, tantôt
à lui faire opposition dans la ligne même où
il est dirigé, et, dans les deux cas, à toucher
l'adversaire.

Le coup de temps ne s'exécute guère que
sur les attaques composées et en prenant
l'opposition à droite, dans la ligne de dehors.
L'opposition offre, en effet, de ce côté, beaucoup
plus de sécurité.

Mais, en fait, on ne peut jamais être bien
certain d'avoir deviné la „dernière cartouche"
de l'adversaire, et l'on risque souvent, en
prenant le temps à faux, de s'exposer au *coup
fourré* ou *coup double*.

En ligne haute, on le prend sur les attaques
qui se terminent en *sixte*; en ligne basse, sur
celles qui finissent en *quarte*.

Le *coup d'arrêt* a pour but, lorsque l'adversaire attaque en marchant, en courant ou même

de pied ferme, en faisant des feintes, le bras
raccourci et en se découvrant, de le devancer
et de l'arrêter, si possible, dès son premier
mouvement.

Il se prend, le plus souvent, sur la marche
de l'attaquant, par coup droit ou dégagement, et s'exécute en se fendant à fond ou
à demi.

Les assauts.

L'assaut est l'image du combat, tout autant
que les grandes manœuvres de la guerre;
ici, canons et fusils tirent à blanc; là, le fleuret
est moucheté. L'assaut est l'application des
leçons reçues, comme les manœuvres sont la
mise en pratique des études de l'année.

Il y a deux sortes d'assaut; nous les avons déjà
indiquées: l'assaut d'étude et l'assaut d'ambition.

Dans *l'assaut d'étude*, on doit se garder
d'éviter le coup de bouton, soit en rompant,
soit par une brusque rétraction du corps, soit

par des parades successives, rapides, et incon-
scientes; ces parades finissent naturellement
par rencontrer la lame de l'adversaire, mais
elles la trouvent dans une ligne quelconque
et la ramènent violemment dans une autre ligne.
Cela s'appelle la parade de *contraction* et c'est
mauvais. La force doit toujours céder le pas
à la souplesse.

Quand le maître vous permet l'assaut, vous
êtes assez avancé dans l'art de manier la lame
pour juger l'attaque qui se prépare; à vous
de calculer vos parades et vos ripostes. Ne
jamais négliger la riposte.

Ne vous embarquez pas, dès l'abord, dans
les coups compliqués, mais recherchez les coups
simples, toujours à fond, de pied ferme et, le plus
souvent, en partant de l'immobilité. Dame, en
attaquant à fond, vous risquez davantage de
recevoir la riposte, mais qu'importe! L'essentiel
est d'acquérir la confiance dans vos moyens;
vous n'y arriverez qu'en donnant, chaque fois,

tout ce que vous pouvez donner. Il sera toujours temps de varier les combinaisons, de recourir aux fausses attaques et aux moyens d'ébranler le fer et la main de l'adversaire.

Dans l'attaque, ne perdez jamais de vue qu'il faut allonger franchement le bras et lever la main, en baissant légèrement la pointe. C'est la base fondamentale de l'escrime.

L'*assaut d'ambition* est celui où l'on ambitionne de toucher le plus et le mieux possible, son adversaire et d'éviter pour soi-même toute atteinte du fer attaquant.

Les maîtres scrupuleux n'autorisent l'assaut d'ambition qu'une fois bien confirmée la force du débutant et suffisante son expérience.

Celui-ci ne doit tomber en garde que hors de la portée du fer et ne l'engager qu'au moment où il est sûr de sa parade. Il peut — il doit — employer toutes les feintes, tous les moyens d'intimidation que lui a enseignés son professeur; mais il reste préférable qu'il ne

prenne pas l'initiative de l'attaque — à
moins que son adversaire n'use de la même
tactique. Toutefois, il ne devra s'y résoudre
qu'après avoir épuisé tous les moyens possibles de le faire sortir de sa réserve.

D'autres conseils trouvent ici leur place:

Observer exactement sa distance et n'attaquer à fond qu'après l'avoir minutieusement
jugée; ne recommencer jamais, de suite, la
même attaque ou la même parade; affecter une
sorte de fantaisie dans les attaques, afin de
dérouter l'adversaire; par exemple, ne pas
commencer par un coup droit pour continuer
par „une! deux!" puis, par „une! deux! trois!",
ce qui équivaudrait à prier l'adversaire de pré-
parer sa riposte; ne pas s'arrêter, fuir le corps
à corps et ne jamais tirer plus de dix minutes;
accuser volontiers les moindres atteintes; ne
discuter et ne réclamer jamais un coup de bouton;
à quoi bon? Un beau coup n'est pas niable,
les contestations ne trompent personne et c'est

à la façon de s'avouer touché que l'on recon-
naît le caractère de l'adversaire.

Le vêtement.

L'escrimeur a besoin de tous ses moyens

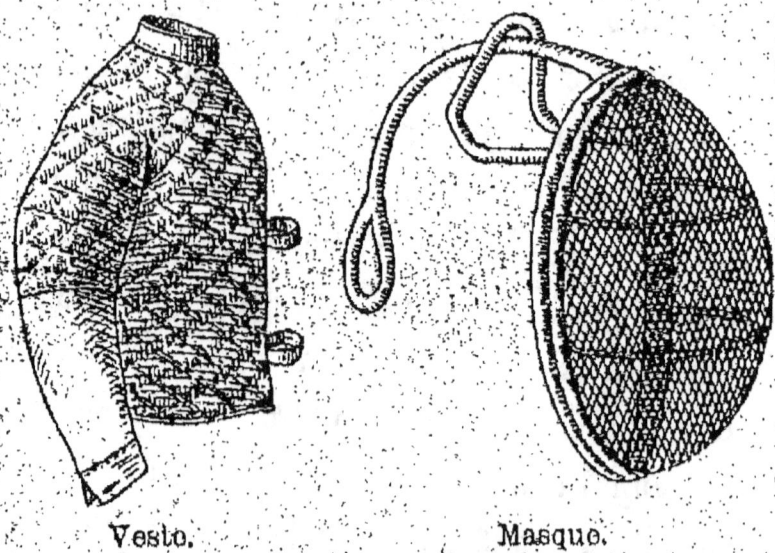

Veste.   Masque.

physiques; il a donc un vêtement approprié
à cette nécessité.

Une veste en coutil doublée de toile
épaisse, en toile à voile, afin d'amortir les
coups et, en cas de bris de la lame, d'éviter
que le tronçon ne pénètre dans le corps; un

cuissard, de même tissu et doublé de même,
utile, en salle d'armes, à protéger le ventre
et les cuisses; un pantalon, drap, coutil ou
molleton, large en haut, étroit dans le bas;
des sandales en cuir avec semelles de peau
de buffle, à cette fin de s'épargner
les glissades; un masque à mailles serrées et double treillis, qui
met le visage à l'abri des coups
qui s'égarent, muni d'un gorgerin
en cuir épais pour garantir le cou;
un gant rembourré, avec crispin,
souple, qui amortisse le coup,

Gant.

dans les contacts de garde, voilà le *complet* qui
suffit à l'escrimeur et lui permet, en ne craignant
rien des traîtrises du hasard, de développer
à leur aise ses qualités de souplesse et d'agilité.

Hygiène.

Après toute séance, leçon ou assaut, prendre
une douche, chaude ou froide — froide de pré-

férence. Rien ne repose autant de la fatigue inhérente à un violent exercice. Pour compléter le bienfait de la douche, une friction à l'alcool et au gant de crin s'impose, pour activer la circulation du sang. Ne buvez pas après la leçon, vous surtout, gens menacés d'obésité, qui faites de l'escrime pour maigrir.

L'entraînement.

L'entraînement à l'escrime, comme pour tous les sports violents, doit être progressif.

A suivre sans réflexion les suggestions de son ardeur naturelle, à vouloir lutter, avec ou sans fanfaronnade, contre la fatigue, on dépasse promptement la limite de la résistance, vite usée chez les débutants de 15 à 18 ans, et l'on risque de rester sur le flanc.

Donc, chaque jour, les deux reprises de la leçon, pas plus. S'arrêter et se reposer quelques minutes entre chaque reprise de dix minutes, voilà pour les débutants.

Ensuite, au bout de six mois de salle, prier le maître ou le prévôt à un exercice des contrés, exercice préparatoire à l'assaut, toujours pas plus de dix minutes, et se reposer.

Au bout d'un an, on pourra aborder l'assaut, mais toujours repos après un quart d'heure de combat, ou apparaîtrait bientôt ce qu'on appelle le *sur-entraînement* fatal.

Les principales Sociétés.

La plus ancienne Société d'amateurs est la *Société d'Encouragement à l'Escrime*, et aussi la plus importante. Elle est reconnue d'utilité publique. Parmi les assauts qu'elle organise annuellement, le principal est l'assaut du mois de janvier en l'honneur de l'armée.

La principale Société de professionnels est l'Académie d'armes, groupant les professeurs enseignant à Paris, fondée, il y a vingt-cinq ans, en souvenir de la première académie

d'armes créée, au XVIᵉ siècle, par le maître
d'armes de Charles VIII. Elle donne deux concours par an, dont l'un est doté de 1000 francs
en espèces pour les professeurs, et l'autre pour
les amateurs, qui reçoivent en prix des
médailles.

La langue de l'escrime.

Appel de pied. — Frapper du pied le sol.

Assaut. — Combat courtois. *Assaut d'étude :*
celui où l'on applique les leçons antérieures.

Assaut d'ambition : celui où l'on *ambitionne*
de toucher le plus souvent son adversaire,
tout en ne recevant que le minimum de
coups de bouton.

Battement. — Chocs répétés d'un fleuret sur
l'autre.

Bouton. — Petite rondelle de fer qui termine
la lame.

Contraction. — Parade contraire.

Contre. — Parade: contre de prime, de seconde, de tierce, etc.…

Contre-dégagement. — Façon de dégager après un changement d'engagement de l'adversaire.

Coup droit. — Coup qui va directement au corps dans la ligne de l'engagement.

Coup d'arrêt. — Contre-attaque brusque pour arrêter le fer adverse.

Coupé. — Dégagement qui fait passer la pointe de ligne haute à ligne haute.

Croisé. — Parade par laquelle on s'empare du fer adverse, au moyen d'un arc de cercle.

Dedans. — Ligne de quarte.

Dedans-bas. — Ligne de septime.

Dégagement. — Action de dégager son épée. Attaque qui fait passer la pointe sous le *fort* de la lame ou sous l'avant-bras de l'adversaire.

Dehors. — Ligne de sixte.

Dehors-bas. — Ligne d'octave.

Dessous. — Ligne basse.

Double-contre. — Parade deux fois circulaire.

Esquive. — Mouvement brusque du corps pour éviter l'attaque adverse.

Faible. — L'extrémité du fleuret, de la moitié au bouton.

Feinte. — Coup simulé, qui détourne l'attention de l'adversaire et permet de le frapper d'un autre côté.

Flançonnade. — Coup porté au flanc.

Fût. — La partie du fleuret, de la garde au milieu.

Froissement. — Action de repousser avec force le fleuret adverse.

Garde. — Pièce métallique placée entre la poignée et la lame, destinée à protéger la main. — Manière de tenir le corps et l'arme.

Invite. — Mouvement pour inviter l'adversaire à tirer dans une certaine ligne.

Liement. — Parade qui consiste à envelopper circulairement le fer.

Ligne. — Position correcte du tireur et de

l'arme. — *Ligne de dedans*, la quarte ; — *de dehors*, la sixte ; — *haute*, celle qui se trouve au-dessus de la main ; — *basse*, celle qui se trouve au-dessous de la main.

Menace. — Coup destiné à obliger l'adversaire à se défendre.

Octave. — Ligne à droite de la lame.

Opposition. — Parade sans violence, qui écarte la lame adverse.

Parade. — Coup qui détourne le fer de l'attaquant.

Pronation. — Position de la main, les ongles en dessous, tournés vers le sol.

Prime. — Position de la main, le poignet renversé, les ongles en dessous.

Quarte. — Position de la main, les ongles presque en dessus.

Quinte. — Position de la main, les ongles en dessous.

Reprise. — Durée de la leçon.

Riposte. — Action qui consiste, aussitôt la parade, à attaquer rapidement.

Salut des armes. — Maniement particulier de
l'arme, avant l'assaut.

Seconde. — Position de la main, les ongles en
dessous.

Septime. — Position de la main, les ongles en
dessus.

Serrer la mesure. — Se rapprocher de l'adversaire. — *Rompre la mesure*, s'en éloigner.

Sixte. — Position de la main, les ongles presque
en dessous.

Supination. — Position de la main renversée,
la paume en dessus.

Tierce. — Position de la main, le poignet en
dedans, les ongles en dessous.

Une-deux-trois-quatre. — Attaque composée.
Quatre mouvements; trois feintes et le coup
final.

Une-deux le contre. — Attaque composée.
Trois mouvements; deux feintes et le coup
final.

Le règlement d'assaut.

Les règlements d'assaut, pour un concours ou un tournoi, sont nombreux. Nous donnerons ci-après un extrait du règlement établi par l'Académie d'Armes de Paris, le plus généralement adopté.

Le concours comporte deux catégories : amateurs de 16 à 20 ans et amateurs au-dessus de 20 ans. Les catégories sont dotées de trois prix ; chaque concours comprend une épreuve éliminatoire et une épreuve définitive.

Le jury, pour chaque catégorie, est composé de cinq membres : trois maîtres d'armes et deux amateurs ; l'un des maîtres est président, directeur du combat ; les décisions de jury sont sans appel.

Chaque tireur est vêtu d'une veste blanche ou de nuance claire ; la veste doit monter haut, être d'une étoffe solide, non empesée ou glacée. Une ceinture, par-dessus la veste, est interdite.

Le masque doit être à double treillis, gorgerin interdit. La longueur des lames sera du 5 français.

Seront déclarés valables tous les coups atteignant une partie quelconque du buste, à l'exception du cou; tous les coups atteignant le bras, jusqu'à la saignée, dans la position de la garde, c'est-à-dire plié; tous les coups atteignant le dos de l'un des adversaires, si celui-ci s'est retourné pour éviter le coup à la poitrine.

Chaque tireur est tenu d'annoncer le coup, dès qu'il a été touché. Les tireurs ne doivent pas insister sur le coup de bouton. En principe, il n'est pas accordé de repos.

Pour infraction au règlement, tout tireur peut être rappelé à l'ordre par le directeur du combat; un deuxième avertissement peut entraîner l'exclusion, qui est prononcée par le jury, à la majorité des voix.

Tout concurrent, sauf les lauréats des pré-

cédents concours, sera tenu de participer aux
éliminatoires. Chaque assaut aura lieu en trois
coups de bouton, qui auront, chacun, une
valeur de 1 à 3. En outre, une note de tenue,
de 1 à 10, sera donnée à chaque tireur. A la
fin des éliminatoires, le total sera fait des notes
et le premier de chaque catégorie participera
aux épreuves définitives.

Les épreuves définitives formeront une poule
à 8 tireurs. Chaque tireur devra tirer avec
les sept autres participants. Pour les maîtres,
les assauts seront en 5 coups de bouton; pour
les amateurs, en 3 coups de bouton.

Le tireur qui touchera trois fois sera déclaré
vainqueur; celui qui obtiendra le plus grand
nombre de victoires recevra le premier prix; de
même pour les 2e et 3e prix.

Le jury est le seul juge de l'interprétation
du règlement et des cas non prévus qui pour-
ront se présenter.

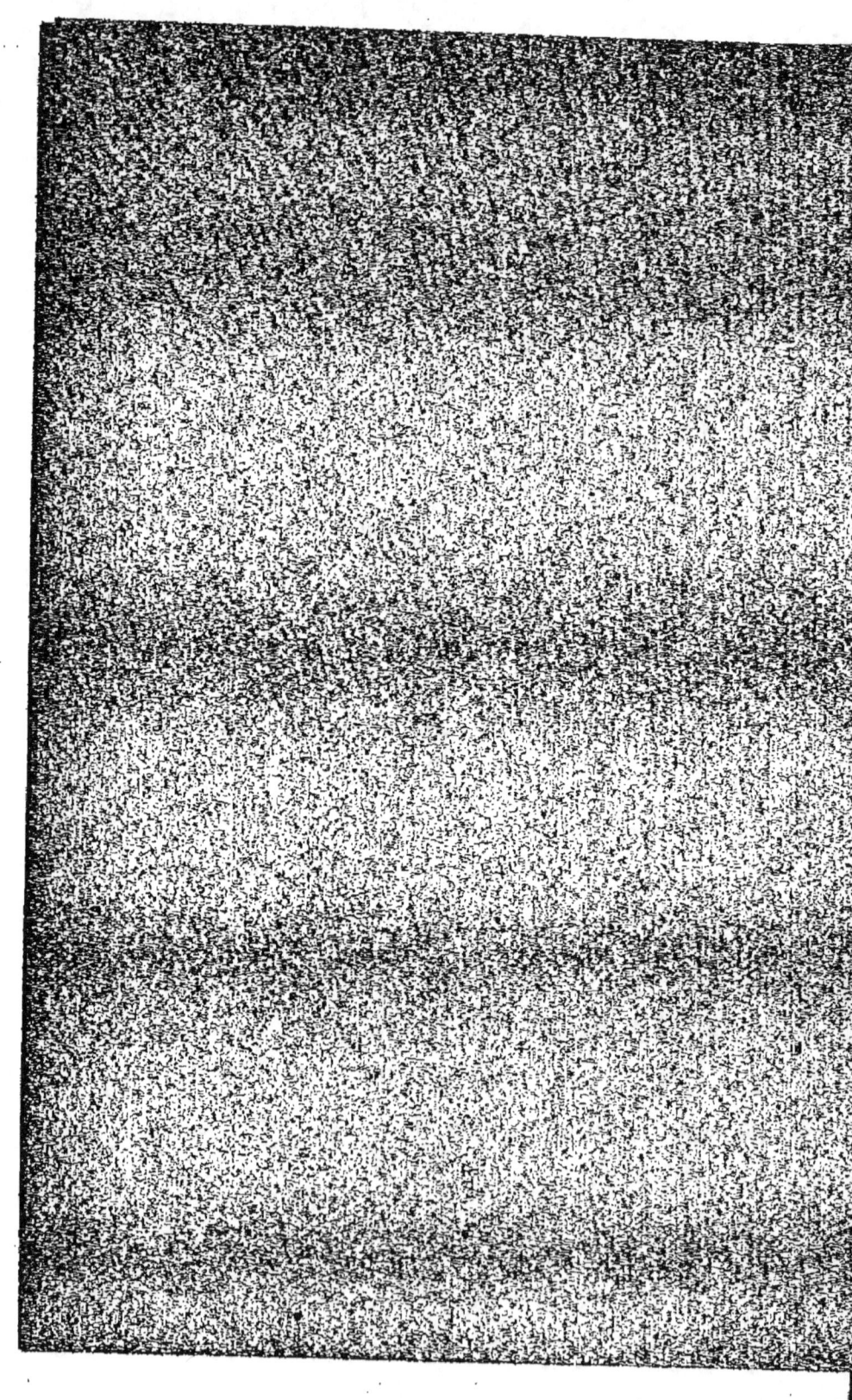

L'ÉPÉE

Histoire courte.

L'escrime à l'épée ne date guère que de cinq lustres; ce fut comme une ère nouvelle de l'ancienne escrime. Quel fut le motif de cette orientation brusque de l'escrime vers l'épée?

Ce motif apparaît double: le défaut d'intérêt que présentaient au public les assauts, tels qu'ils se comportaient antérieurement, et le fait, souvent constaté et dûment reconnu, que la science du fleuret restait impratique sur le terrain, et que le fleurettiste, avec ses dix ou quinze années de salle, était fort dépourvu devant une épée, lorsque la nécessité lui faisait une loi de défendre son honneur.

Une longue campagne commença, qui n'aboutit, après mille difficultés, qu'en l'année 1896, au premier tournoi d'épée de combat, disputé avec l'arme de duel à lame triangulaire, munie d'une garde de douze centimètres de diamètre.

Dès lors, les tournois se succédèrent, tant à Paris qu'en province. Ces concours étaient tirés en une touche; le moins souvent touché gagnait la poule. Tous les coups comptaient, où qu'ils fussent placés, comme dans la réalité; de ce fait, les tireurs de fleuret, déroutés par l'obligation de défendre les endroits de leur corps, jusque-là légalement indemnes, éprouvèrent de sérieuses déceptions.

En province.

De Paris, le mouvement, créé en faveur de l'escrime à l'épée, s'étendit rapidement aux départements, et bientôt naquit la Fédération des Sociétés d'Escrime de France, fondée par

M. Hébrard de Villeneuve, dans le but de donner la vie civile aux Sociétés affiliées, car elle est reconnue d'utilité publique.

La Société d'Encouragement à l'Escrime de la Gironde fut la première à s'affilier; Nantes, Dunkerque, Lille, Tours, Lyon, et bien d'autres, depuis lors, suivirent avec enthousiasme le mouvement, aujourd'hui étendu à toutes les grandes villes de France et en pleine floraison.

L'épée et la garde.

L'épée est triangulaire, droite et rigide; la garde est une coquille qui mesure environ 13 centimètres de diamètre sur 5 de profondeur.

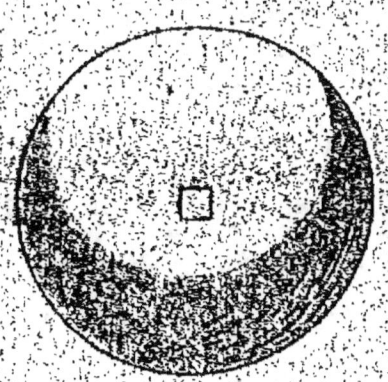

Ces deux particularités de l'épée imposent une tactique qui ne ressemble pas à celle du fleuret. Alors que le fleurettiste se défend par l'extrême mobilité

de la pointe et par de continuels déploiements,
l'épéiste pare, lui, en opposant surtout le fort
de la lame et la coquille, et en conservant
toujours la pointe en ligne. S'il imitait le jeu

Parade de quinte.

du fleuret, il découvrirait la main et le bras,
qui sont les plus rapprochés de l'adversaire
et que celui-ci chercherait inévitablement à
atteindre.

Alors, dira-t-on, si la pointe de l'épée doit
toujours rester en ligne, comment parer les

coups à la tête ou à la jambe? Car, à l'épée,
il faut protéger tout le corps et non plus seulement le buste. Comment garantir, non seulement ce buste, mais aussi les *avancés* ?

Réponse : étendre le bras, l'allonger presque
entier. Je dis : presque, car il devra conserver
assez de souplesse pour n'être pas gêné dans
ses mouvements. Cette garde allongée évite, à
droite, au-dessus et au-dessous, le touché,
à moins que l'adversaire ne prenne une ligne
oblique, qui l'exposerait à s'enferrer lui-même ;
même s'il se faufilait sur la gauche, il ferait
coup double. Dans ce cas, d'un petit mouvement *contre de sixte*, il est aisé de ramener
sa lame à droite, où elle redevient inoffensive.

La pointe d'arrêt.

Aujourd'hui, l'usage de la pointe d'arrêt
est admis dans les grands tournois. Ce n'a
pas été sans peine et profusion de salive.
Jadis, cette invention, qui nous paraît actuel-

lement si simple, était absolument ignorée,
d'où difficultés considérables dans l'appréciation
de la touche reçue.

On en parla, pour la première fois, chez
Pons, le maître d'armes de Napoléon III. Pour
la confectionner, on fixa de petites pointes
d'acier, semblables aux punaises de papeterie,
sur la lame de l'épée, à l'aide de fil poissé.
On obtint ainsi une mouche ordinaire, laissant
dépasser la pointe d'environ un millimètre
et demi.

Aujourd'hui, l'on creuse, dans le
bouton métallique de l'épée de salle,
un pas de vis destiné à maintenir la
pointe, que l'on peut facilement remplacer, lorsqu'elle s'est émoussée sur
la coquille de l'épée adverse.

Pointe
d'arrêt.   La pointe d'arrêt facilite la tâche du
juge. Elle ne donne certes pas la compétence au
juré inexpérimenté, mais, pour l'arbitre con-
sciencieux et savant, à la fois, elle souligne

la touche en s'accrochant à la veste. Son emploi rapproche autant que possible les tireurs de la réalité. Autant que possible, car il ne faut pas oublier qu'ils la voient, la réalité, au travers d'un masque!...

La pointe d'arrêt est-elle dangereuse? Non, si l'on se sert d'une pointe très courte en fer forgé, qui ne dépasse pas deux millimètres, car les escrimeurs sont vêtus d'épais costumes, doublés de toile à voile, avec triple doublure sous l'aisselle, de cuissards, de bavette, de gants à crispin et de masque impénétrable et solide.

En tout cas, c'est affaire aux organisateurs de tournois de surveiller le matériel et de remplacer les pointes qui s'émoussent et se transforment en hameçons.

Et quand les escrimeurs courraient un léger risque! Est-ce que les champions de football, d'équitation, d'automobile ou d'aéroplane n'en courent pas?

L'entraînement.

Chacun de nous a un tempérament différent, une structure physique différente; les uns sont grands, les autres petits; ceux-ci sont lourds, ceux-là sont agiles. Il 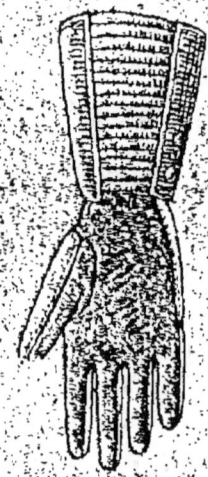 ne peut donc s'agir, pour tous, d'un mode d'entraînement uniforme; ce qui convient à X... nuit à Z... C'est au professeur de déterminer les procédés à employer.

Toutefois, il est entre tous les individus des points de contact,

Gant.

qui justifieraient les remarques qui vont suivre.

Ayez d'abord un bon professeur. Il en est beaucoup; mais, parmi les bons, il y en a de meilleurs, ceux-là qui ajoutent au souci technique de leur art une juste prétention à quelque psychologie, ceux-là qui savent conformer leur enseignement aux qualités morales de l'élève.

Ceci fait, allez à la salle deux fois par semaine, c'est suffisant. Travaillez la leçon le plus longtemps possible, avant de faire assaut. La leçon est le meilleur et le plus sûr des entraînements.

Quand vous aurez acquis avec une certaine force beaucoup de confiance, tirez les *contres* avec le professeur, c'est-à-dire qu'il exécutera sur vous un certain nombre d'attaques d'avance désignées, que vous parerez, suivant un programme également convenu. Les

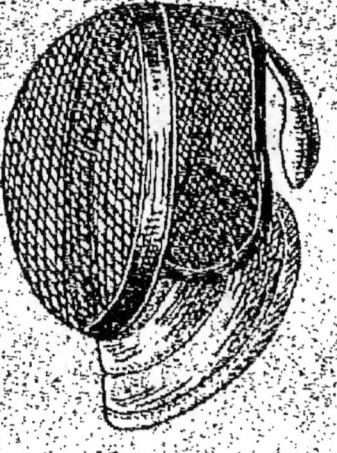

Masque.

prises de fer seront une partie importante de ce programme; c'est le plus difficile de l'escrime.

Pour les contres de pied ferme, d'aucuns

se placent contre un mur, afin de ne pouvoir rompre et de donner aux parades une netteté et une vitesse de plus en plus grandes.

Faites des assauts d'étude, sans vous préoccuper des coups de bouton que vous recevrez; vous êtes là pour apprendre. Choisissez les coups où vous êtes le moins expert; tirez surtout avec les gens dont vous reconnaissez l'habileté; on n'apprend bien que contre plus fort que soi.

N'allez jamais jusqu'à la fatigue et prenez une bonne douche, chaude ou froide — votre médecin vous le dira — avant de quitter la salle.

L'École militaire de Joinville.

Tout le monde fait de l'épée, à l'école de Joinville, d'une façon suivie et régulière. Si naturel que cela puisse paraître aux épéistes purs, ce n'est pas moins une innovation.

C'est au commandant Coste que l'on en est

redevable. Lorsqu'il prit le commandement de l'école, le fleuret y faisait florès et, comme pour beaucoup de fleurettistes de l'époque, déçus par

Garde d'épée.

l'obligation récente de ne tirer qu'au buste, on pratiquait la „carotte", c'est-à-dire qu'il n'était aucun moyen que l'on n'employât, soit pour n'être pas touché, soit pour se déclarer touché à un endroit où le coup n'était pas considéré comme valable. On se cachait volontiers la figure derrière le bras, brusquement interposé entre le buste et le fleuret adverse; on se contorsionnait pour éviter la touche, etc....

Le commandant Coste réagit, tout d'abord, contre ces déplorables et déloyales habitudes. Dans un certain concours, les jurés déclarèrent bons les coups qui frappaient le membre interposé, lorsqu'il leur fut patent que le mouvement était visiblement dû au désir de se déclarer non touché.

D'un autre côté, la routine — pour bien des gens, la tradition — voulait que le même enseignement s'appliquât à tous les hommes, indistinctement. Le commandant Coste estima, justement, qu'un homme petit ne devait pas user des mêmes procédés qu'un homme de haute taille, et il porta sur cette réforme, pourtant bien élémentaire, toute son activité.

Mais le côté tout à fait intéressant de son passage à la direction de l'école de Joinville

fut l'institution des poules à l'épée en plein
air et ... les officiers de l'école gagnèrent des
tournois internationaux d'épée, chose qui n'était
jamais arrivée et qui n'eut jamais, jadis, pu
germer dans aucune cervelle.

La Grande Semaine d'Epée.

L'institution de la Grande Semaine d'Epée
annuelle, qui se dispute sur la terrasse des
Tuileries, est due à la Société des Armes de
France; elle constitue le grand meeting de
l'année, en ce qui concerne les armes de combat, et il faut reconnaître que jamais tournoi
d'épée ne fut aussi grandiose. Huit jours durant,
les estrades, dressées sur la terrasse du Jeu
de Paume, regorgent de spectateurs violemment
intéressés, arrivés dès l'heure indiquée et ne
quittant la place qu'après le dernier coup d'épée.

La Société des Armes de France a rendu
les plus grands services aux armes de combat,
en instituant les challenges suivants:

1.— Challenge inter-salles d'épée de combat;

2.— Challenge inter-salles de sabre;

3.— Challenge inter-salles de fleuret;

Parade de Sixte.

4.— Coupe internationale d'épée de combat;

5.— Challenge du Championnat individuel de sabre;

6.— Challenge du Championnat individuel d'épée de combat;

7. — Challenge du Championnat d'épée des
officiers de France et par équipes;

8. — Challenge du Championnat individuel
d'épée des officiers de France.

Le jeu italien.

On sait que l'escrime, née en Espagne, se
répandit ensuite en Italie, où elle prit un tel
développement que, pendant fort longtemps,
il n'y eut en Europe d'autres professeurs que
les professeurs italiens.

Mais c'était au fleuret que ceux-ci avaient
acquis leur maîtrise et qu'ils l'ont conservée.
L'escrime à l'épée n'a tenté que quelques-uns
d'entre eux et nous les laissons encore loin
derrière nous. Aucun d'eux ne tient longtemps
contre nos épéistes, même de force ordinaire.

Il n'en a pas toujours été de même. Lorsque
les maîtres d'armes italiens consentirent à se
mesurer avec nos escrimeurs, ceux-ci subirent
de grosses désillusions de ce jeu nouveau pour

eux, fait d'excessive mobilité, de marche ou de course, qui distingue la manière italienne. Ils reçurent, sans y rien pouvoir, des coups de bouton aux bras, à la tête dans les jambes, dans toutes les parties du corps, où les coups de fleuret ne sont pas valables.

Car, bien que la méthode italienne ait fait, surtout en ce qui concerne les parades, de larges emprunts à la méthode française, elle a maintenu certaines habitudes particulièrement déconcertantes pour le jeu français.

D'abord, l'escrimeur se met en garde très loin, ce qui l'oblige à *gagner la mesure*, c'est-à-dire à combler la distance qui le sépare de son adversaire. Il le fait très adroitement, soit en s'emparant directement de la lame, soit en l'enveloppant, après l'avoir attirée par une fausse attaque. Puis l'Italien a encore un atout, dont il use et abuse: c'est le coup d'arrêt. Il possède à fond toutes les ressources de ce procédé.

Les Italiens ont donc débuté par toutes

sortes d'avantages sur nos escrimeurs à l'épée, habitués à la garde haute, le bras presque tendu. Ceux-ci résolurent de combattre cette escrime, et, contre vents et marées, ils sont parvenus à composer un jeu d'épée, aussi complet que possible, grâce auquel de nombreuses revanches ont été prises sur les escrimeurs de la Péninsule.

Voyant cela, nos rivaux se sont intéressés à l'épée. L'un d'eux, Athos di San Malato, a su rapidement transposer son jeu à de sévères procédés d'épée; mais il est Sicilien, et la méthode sicilienne a pour base la garde haute et le bras tendu. Cela diminuait la difficulté.

Cependant, tous ses collègues ont voulu, de leur côté, se rendre compte de notre jeu d'épée. Colombetti, maître d'armes à Turin, fut leur principal initiateur. Il vint en France, se rencontra avec beaucoup de professeurs et d'amateurs et prêcha avec ardeur la bonne parole de l'autre côté des Alpes. Au bout de quelques années, une grande soirée d'armes ne se donnait pas sans que figurassent au programme un ou deux assauts d'épée, à côté d'assauts au fleuret et au sabre.

La première rencontre entre escrimeurs français et italiens eut lieu, il y a une quinzaine d'années, à Monte-Carlo. Ce fut un tournoi officiel à l'épée de combat, disputé en plein air, d'après les principes de la poule, qui fut gagné, mais difficilement, par les Français, comme, d'ailleurs, la grande majorité des concours qui suivirent.

Les Italiens se sont fabriqué, pour le terrain, une très bonne arme de combat, en montant des lames d'épée rigides sur la garde ordinaire de leur fleuret, dont ils ont simplement augmenté en diamètre la coquille; donc, très peu de différence entre l'arme de salle et l'arme de terrain, d'où transposition aisée d'un jeu à l'autre, surtout pour des escrimeurs aussi combatifs qu'ils le sont.

Le règlement du combat à l'épée.

Du règlement adopté par la Fédération nationale d'Escrime, l'Académie d'Épée, les Armes de Combat et la Société d'Escrime à l'épée de Paris, nous donnons ci-après les principales dispositions:

Armes. — Tout tireur peut se servir de ses armes, à la seule condition qu'elles soient conformes au règlement, c'est-à-dire que le poids sera de 470 à 770 grammes, la longueur de la poignée, sans pommeau, de moins de 16 centimètres, et, avec pommeau, de moins de 20 centimètres. Coquille: diamètre 12 à 13 centimètres, sans rebord ni aspérités quelconques; lame: 88 centimètres, triangulaire, ni trop rigide, ni trop flexible.

Pointe d'arrêt. — La pointe d'arrêt doit être inférieure à 2 millimètres de saillie et à 8 millimètres de longueur totale. L'épée doit se terminer par un bouton, du même métal et

forgé avec elle, sans vis ni brasure. Ce bouton
doit être d'un diamètre supérieur aux mailles
du masque; il est recouvert de fil poissé, formant tampon, afin d'amortir le choc.

Le terrain. — Chaque tireur a un espace
de 15 mètres, comptés à partir du pied arrière,
c'est-à-dire 15 mètres pour rompre. Si le
„champ" n'a pas 15 mètres, on remet le tireur
acculé en garde à la distance nécessaire pour
compléter les 15 mètres. Quand l'un des tireurs
arrive à 3 mètres de sa limite, le président
directeur du combat l'en avertit; de même,
lorsqu'il touche cette limite. Si, après ces deux
avertissements, il la franchit, c'est-à-dire si
ses deux pieds l'ont dépassée, il est considéré
comme touché.

Le jury. — Les membres du jury élisent
un président, qui est, par cela même, directeur
du combat. Le président a seul le droit du
commandement „halte!". Sa voix est prépondé-
rante, en cas de partage.

Les jugements. — Le coup double est porté au passif des deux tireurs, c'est-à-dire qu'ils sont considérés tous deux comme touchés. Par double, il faut entendre que les deux tireurs se sont touchés *à la fois*; s'il y a, entre les deux coups, un temps, si minime soit-il, ou une différence de longueur, le coup n'est plus double; un seul tireur est considéré comme touché.

S'il y a doute, le bénéfice du doute est accordé, mais annule l'effet des coups subséquents, dans la même passe d'armes, bien entendu.

Si l'un des adversaires glisse, tombe, ou s'il est désarmé, le coup qui lui sera porté, à ce moment, par son adversaire, ne compte que s'il n'y a pas eu, entre sa chute ou son désarmement et le coup, un temps suffisant pour que l'adversaire ait pu se rendre compte de l'incident.

Au commandement de „halte!" les deux adversaires se doivent arrêter automatiquement.

Aucun coup, porté après ce commandement, n'est valable.

Ce qui est permis. — On a le droit de parer pointer, écarter le fer, tendre le sien, attaquer par tous les moyens possibles, sauter en avant, en arrière, de côté, se fendre en avant, en arrière, se baisser, esquiver, vire-volter.

Ce qui est défendu. — Mais il est interdit de se servir de la main ou du bras non armés, de détourner, saisir ou maintenir l'arme ou le bras de l'adversaire; de faire de sa main ou de son bras un bouclier; de lancer l'épée en avant, de bousculer l'adversaire, de poser le pied sur son arme tombée et d'immobiliser sa lame.

Corps à corps. — Le corps à corps, c'est le contact du tronc des adversaires. Il est permis tant qu'il conserve le caractère de combat, et le président ne peut les arrêter que si les corps restent en contact par la volonté de l'un des deux tireurs.

Reprises. — La reprise, c'est le temps pendant lequel les tireurs combattent. La durée des reprises et des repos est chronométrée.

Quelques conseils.

Nous ne pouvons pas plus entrer dans le détail de l'escrime à l'épée que nous ne l'avons fait pour l'escrime au fleuret. Nous ne donnerons, en conséquence, que quelques notions de tactique générale.

Supposons que votre adversaire tire à la figure, que devez-vous faire? Allonger le bras. Il s'enferrera lui-même, grâce à l'imprudence qui lui aura fait quitter la ligne droite. S'il tire en bas, il en sera de même; étendez le bras, après avoir *rassemblé*, c'est-à-dire rapproché le pied droit du pied gauche.

L'attaque au visage est cependant à retenir, si l'adversaire, comme il arrive souvent, penche la tête en avant et tient son bras raccourci.

Dans la *fente*, tenir le corps toujours bien

droit, ainsi que la tête. A la salle, on peut se fendre à fond et s'habituer à toucher de loin.

Dans les attaques aux *avancés* — le bras, la jambe — le coup droit est le plus ordinaire.

Corps à corps — Riposte dessous après parade de sixte.

Quitter, pour un motif quelconque, la garde expose les avancés à être touchés, surtout si l'adversaire a le bras ou la jambe découverts d'un côté de votre épée, couverts de l'autre.

En ce cas, un simple dégagement vous met en bonne posture. S'il pare bien, par un bon *contre de sixte*, doublez, ou cherchez à doubler, car le coup est malaisé. Mais il lèvera sans doute la main, surtout si c'est un tireur de fleuret; alors, par un doublé *dessous*, vous le toucherez aux avancés.

Pour aller sûrement au corps, multipliez d'abord les feintes aux avancés. Si l'adversaire abandonne et rectifie le bras tendu, vous baissez la main ou le bras et vous pointez rapidement au corps.

Prenez toujours vos parades en allongeant le bras; la parade de *seconde*, violente, en *fouet tant*; celle de *tierce*, facile, a l'inconvénient de découvrir légèrement la ligne de *dedans*. *Sixte* est préférable. La *quinte* n'a d'utilité que tout près. La *septime* basse est à éviter, comme aisée à tromper; la *septime* haute exige chez l'escrimeur un degré de force très avancé; mais, contre les gauchers, elle donne des résultats remarquables.

La *prime* ne sert jamais.

Si vous rompez — il n'y a aucun déshonneur à reculer devant certains coups, dont on sent la parade malaisée — ne rompez qu'à petits pas, juste assez pour éviter le coup qui vous menace, et pour pouvoir riposter. Car rompre trop loin vous enlève bien la chance d'être touché, mais aussi celle de toucher ; c'est perdre un terrain précieux, et, sans doute, de bonnes occasions. Rien n'est déconcertant comme un adversaire qui sait rompre de la juste distance nécessaire à n'être point touché et qui profite de votre fente, d'un changement de ligne, d'une légère déviation de la garde, pour tendre le bras, sans plus, et vous toucher.

Mais rompre, à l'épée surtout, ne doit être qu'un moyen exceptionnel. La parade de pied ferme est le plus souvent bien préférable, et, d'une manière générale, le mieux est de mélanger les parades de pied ferme et les parades en rompant. Le tir ne fait que gagner à cette mobilité. Dans de certains cas, c'est même le seul moyen d'amener un adversaire trop prudent à s'engager.

La veille du duel.

Si pacifique qu'il soit de nature ou de goûts, si opposé qu'il se soit toujours montré aux réparations, souvent trompeuses, d'un combat singulier, chacun de nous se peut trouver à la veille d'un duel.

On a fait des armes, comme tout le monde, c'est entendu. On a eu, comme beaucoup d'entre nous, des succès de salle d'armes, au fleuret, voire à l'épée; mais la vie est venue avec ses exigences et ses tourments; les sports, comme beaucoup d'inclinations ou de passions de jeunesse, ont cédé le pas aux graves spéculations de carrière. On n'est plus dans le train; la main est, sinon perdue, du moins rouillée, et l'on se bat demain; demain, la sottise d'un de vos semblables vous force à lui rentrer dans la gorge des paroles calomnieuses ou simplement imprudentes. Vite, on va trouver son ancien maître et, en une ou deux séances, le voilà qui vous doit remettre d'aplomb sur le terrain.

Cela va bien, ou à peu près, si vous étiez jadis assez avancé dans l'art de croiser le fer pour n'avoir besoin que d'une remise au point. Mais, dans le cas contraire, l'initiation ne pourra être que sommaire, très sommaire; ce n'est pas en quelques minutes que l'on peut acquérir des connaissances bien approfondies.

Pendant ce temps-là, vos témoins négocient. Vous avez choisi de bons témoins. De bons témoins, ce sont des hommes expérimentés, connus dans le monde des armes, jouissant d'une situation et d'une notoriété incontestables. Vous les avez mis au courant de l'affaire dans ses moindres détails. A partir de ce moment, vous êtes entre leurs mains et vous n'avez plus rien à faire avec votre adversaire.

Vous êtes l'offensé, vous avez le choix des

armes, vous avez choisi l'épée. — „Que faut-il
faire?" demandez-vous au maître, car vous
n'avez, pour ainsi dire, jamais tenu une épée,
surtout en imminence de combat.

Oh! la leçon sera courte, pour cause de
courbature certaine. Le maître vous montrera
à tenir le bras aux trois-quarts tendu; il vous
apprendra sommairement à dérober, c'est-à-
dire à éviter la prise de fer, à piquer devant
vous, dans la direction du bras, de préférence.
Le bras presque tendu protégera votre bras
et votre avant-bras, derrière la coquille. Il vous
recommandera de vous abstenir de tout écart,
de conserver votre distance, en rompant à
petits pas et en piquant, en piquant toujours
et encore ...

Peut-être ce maître aura-t-il le temps, si
vous disposez de deux jours, de vous enseigner
à chasser l'épée en sixte, pour tirer à l'avant-
bras, voire au biceps; à remettre votre épée
en ligne, en rompant.

Et il ne négligera pas le conseil de vous chausser à l'aise, de mettre un gant et, s'il fait froid, de vous couvrir d'un épais tricot.

L'escrime et le duel.

L'escrime est un sport. Elle devrait n'être qu'un sport, et non une préparation à la bataille et à l'effusion de sang. Elle remplit, autant qu'aucun autre sport, toutes les conditions que l'on exige d'un exercice : le développement physique et moral de l'individu.

Pourquoi faut-il, dans l'état de notre civilisation, que l'immense majorité des hommes considère l'escrime comme un moyen et non comme un but ? Et quel moyen ! Etre en mesure de tuer un homme ! On raisonne, au vingtième siècle, comme au temps des combats de gladiateurs, comme au moyen âge, comme à l'époque des mousquetaires. La passion du duel a résisté à toutes les révolutions, à toutes les lois que les parlements s'imaginèrent de promulguer, à toutes les objurgations des philosophes, et bien mieux, à l'idée même que chacun de nous se fait du duel.

Car, nombreux sont ceux-là qui se réclament de la doctrine du doux Nazaréen, doctrine de bonté qui délie les haines, de douceur triomphante et d'horreur de la violence, qui, à la première occasion, s'alignent, l'épée en main et s'efforçant à supprimer leur adversaire.

L'énergie du cardinal de Richelieu, la perspective de l'échafaud ou de la potence, les congrès d'anti-duellistes, les lois, tout s'est émoussé devant l'atavique instinct qui nous pousse. Le duel restera dans nos mœurs, tant que subsistera cette mentalité qu'attirent les brutalités meurtrières, tant que le droit du plus fort continuera d'être un droit.

Sans doute, le duel disparaîtra-t-il, comme ont disparu les combats de lions et d'esclaves, comme ont disparu les tueries du moyen âge, les combats en champ clos, les jugements de Dieu et les tournois où, devant la cour et les barons assemblés, de nobles et preux chevaliers se pourfendaient à outrance, où les rois eux-mêmes descendaient dans l'arène.

N'oublions pas toutefois que nous nous pressons aux combats de coqs, de chiens, de ratiers et de taureaux, où la foule éclate en applaudissements et en cris de joie, à la vue des entrailles de chevaux éventrés et du matador inexpert, qui vole en l'air sous un furieux coup de corne.

Et la guerre? Pourquoi interdire à deux hommes de se battre, quand deux peuples ont la liberté de se ruer l'un sur l'autre? L'idée de fraternité doit-elle être un privilège des individus, sans extension aux peuples?

Non, les textes prohibitifs du duel n'auront, de longtemps encore, aucune efficacité, parce qu'aucune sanction n'est possible, qui soit capable d'extirper une passion essentielle du caractère même des Français.

Les Sociétés.

Les principales sociétés sont: l'Académie
d'Epée (1886), la Société de l'Escrime à l'Epée
(1893), la Fédération de l'Escrime (1896), les
Armes de Combat (1907).

———

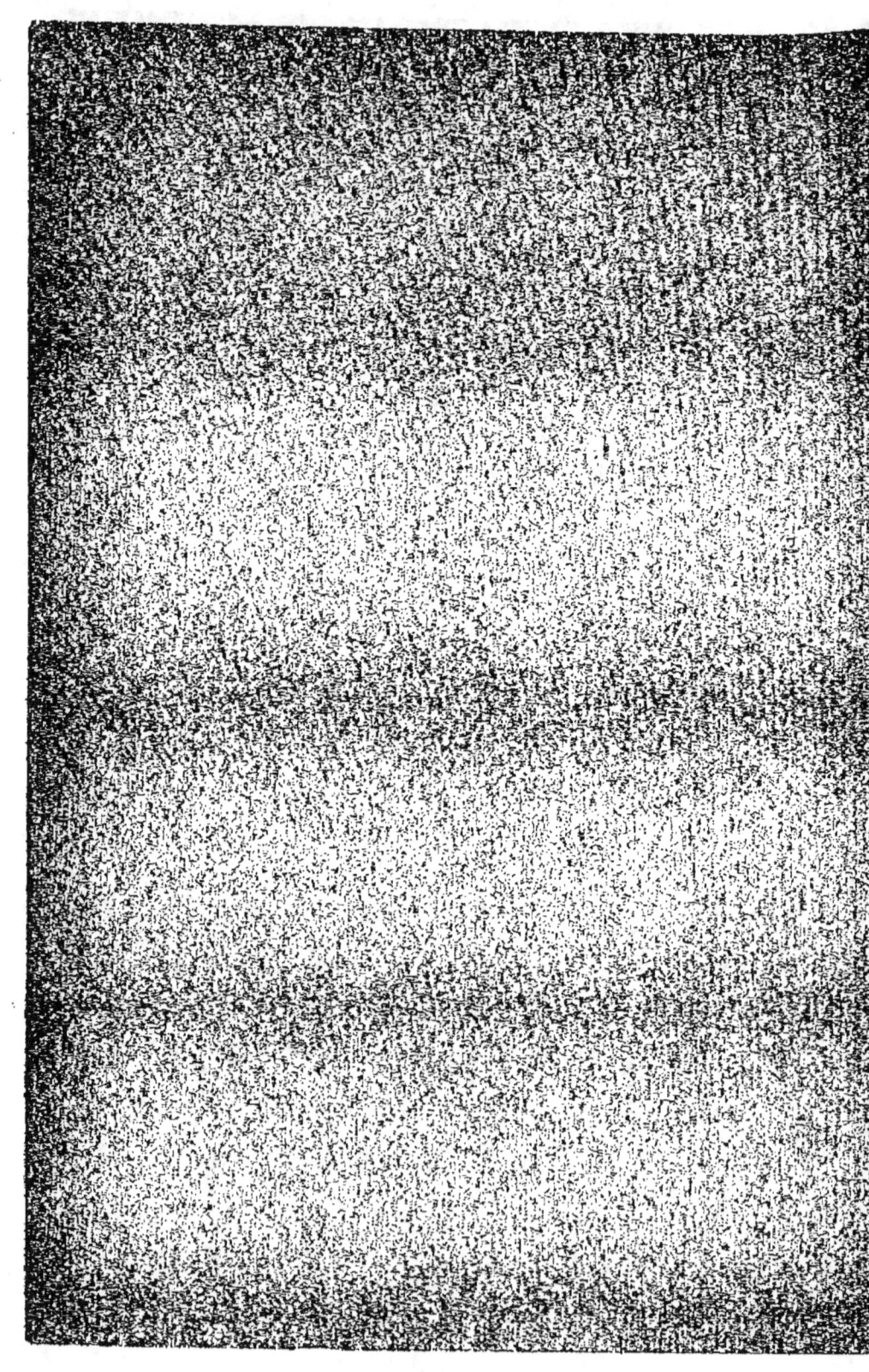

LE SABRE

Entre civils, on ne se bat guère au sabre ; le sabre ne compte pas ou compte peu parmi les exercices sportifs. Mais c'est l'arme d'escrime des régiments de cavalerie et d'artillerie. Il est donc bon d'en posséder par avance des notions, qui donneront au „bleu" un avantage immédiat et considérable, lorsque l'heure sonnera pour lui de payer sa dette à la patrie.

L'escrime au sabre comprend trois parties :

I. — L'escrime conventionnelle, qui, comme l'escrime au fleuret, se pratique dans les salles d'armes et offre de nombreux points de contact avec celle-ci ;

II. — L'escrime sur le terrain, où, comme à l'épée, disparaît la convention, où l'on frappe partout, le résultat seul étant considéré :

III. — L'escrime à cheval, indispensable aux cavaliers qui n'ont, pour se défendre, que le sabre comme arme effective, la carabine n'ayant guère d'utilité que pour le service des reconnaissances.

Toujours, comme lorsqu'il s'agit d'escrime à l'épée, c'est à la salle d'armes que l'escrime sur le terrain et l'escrime à cheval apprennent leur rudiment; car, dans un cas ou dans l'autre, l'escrimeur ne fera qu'appliquer les principes qu'il y aura puisés.

Mais si, dans la vie privée, le fleurettiste, ou l'épéiste, a devant lui toute son existence pour perfectionner sa science, celui-là, au contraire, qui se voit, dans ses rêves, brillant officier de cavalerie, a tout intérêt à connaître à fond toutes les ressources de son arme future, qu'il contracte un engagement dans la cavalerie ou passe par Saint-Cyr ou l'Ecole polytechnique.

Qu'il se convainque que bien des misères
lui seront épargnées, dont les „bleus" ont
coutume de pâtir, et que toute la considération
des camarades lui sera d'emblée acquise, si, dès
son arrivée, ils le devinent aussi ferré sur le
maniement de son sabre que solide sur son
cheval; sans compter que sa science antérieure
lui acquerra de bonne heure les galons de briga-
dier et de maréchal des logis.

Le sabre d'étude.

L'épée n'agit que par la pointe;
le sabre, par la pointe et par
le tranchant. Deux parties au
sabre: la lame et la monture.
Deux parties également à la
lame: la *lame* proprement dite,
visible à tous, et la *soie*, l'extrémité supérieure, qui disparaît
dans la monture, comme le bout de la lame

La garde.

d'un couteau est recouverte par le manche.

Le plus souvent cintrée, la lame est en acier, mesure 0.85 de long, 0.03 de large, et pèse en moyenne 600 grammes, grâce à une cannelure, que l'on appelle aussi *gouttière*, qui règne sur les deux tiers de la lame et en diminue le poids.

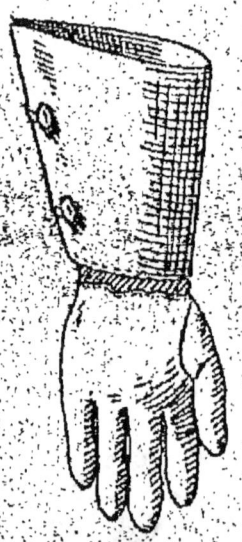

Deux autres parties à la lame : le *dos* et le *tranchant*. Ce que l'on nomme le *faux tranchant* est la portion, à peu près le troisième tiers, du dos, aussi effilé que le tranchant.

En longueur, la lame se divise encore en trois parties : le *talon*, là où elle sort de la monture ; le *fort*, jusqu'à la moitié ; le *faible*, l'autre moitié jusqu'à la pointe.

Le gant.

La *soie*, en fer, fixe la lame à la monture en traversant la poignée.

Deux parties à la monture : la *poignée* et

la *garde*. Avec la poignée on tient l'arme; avec la garde, on se protège la main et l'avant-bras.

On tient le sabre à pleine main, le pouce allongé sur la poignée; mais ne serrez la poignée qu'au moment de l'action, attaque ou parade.

Les positions de la main.

Quatre positions: 1. *Prime*; 2. *Seconde*; 3. *Tierce*; 4. *Quarte*.

Prime, c'est la main à la hauteur du front, au-dessus de l'œil gauche, le bras tendu, les ongles à droite, le tranchant à gauche, le pouce vers le sol.

Seconde, c'est la main à droite, le poignet au niveau de l'estomac, la pointe et le tranchant à droite.

Tierce, c'est encore la main à droite, le poignet vers l'estomac, la pointe à la hauteur de la base du nez, le bras un peu ployé, l'avant-bras dans le prolongement de la lame, les ongles à droite.

Quarte, c'est la main à gauche, ongles en dessus, pouce à droite, tranchant à gauche, poignet et pointe comme en seconde et en tierce.

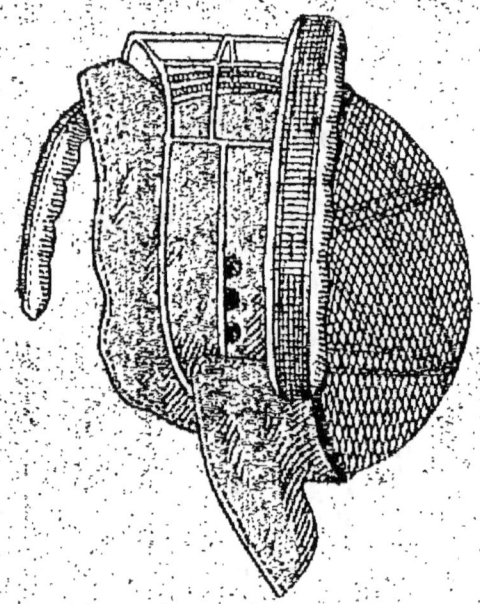

Le masque.

Les gardes.

La *garde* est, dans l'escrime au sabre comme dans les autres escrimes, la première position, celle qui permet le mieux d'attaquer ou de parer. Les principales gardes sont :

1. — La garde de *tierce*, main en tierce, c'est à dire à droite, poignet au niveau de l'estomac, pointe à hauteur des yeux, ongles

La garde

à droite. Avec cette garde, l'usage de la pointe est très rapide et protège les parties basses.

2. — La garde de *tierce basse*, c'est-à-dire le tranchant à droite, la main à la hauteur

4

de la hanche, la lame oblique, de droite à gauche. Excellente contre les coups de tranchant, détachés à droite et à gauche, elle s'emploie dans les assauts de salle, où les coups portés en dessous de la ceinture ne sont pas valables.

L'attitude.

Dans toute garde, quelle qu'elle soit, le corps doit rester droit, les jambes souples, c'est-à-dire un peu fléchies, le pied droit à 30 centimètres environ du pied gauche, le talon droit en face du talon gauche.

Mais, tout en adoptant et en maintenant cette attitude, il faut se placer à l'exacte distance où l'on atteindra son adversaire, soit de pied ferme, soit en se fendant, sans négliger, dans ce dernier cas, de rester hors de l'atteinte adverse et même de s'attendre au besoin à une brusque retraite. C'est ce qu'on appelle avoir la notion de la distance, notion d'extrême importance, qui ne s'acquiert qu'à la longue, après une assidue pratique de la salle et du plein air.

Le coup de tranchant.

Le coup de tranchant demande une attention particulière. Le résultat qu'on attend d'un coup de cette nature est de laisser une coupure, plus ou moins profonde, selon la vigueur du coup; c'est que le sabre ait pénétré dans le corps de l'adversaire.

Or, un coup de sabre, porté avec la dernière violence, peut très souvent ne produire d'autre effet que celui d'un coup de bâton, qui laisse, à l'endroit frappé, une contusion et non une blessure.

Pour obtenir cette dernière, il faut non pas seulement frapper, mais frapper en *sciant*, c'est-à-dire frapper avec le *fort* du tranchant et retirer vivement le bras à soi, de façon que les deux tiers au moins du sabre aient été en contact insisté avec la partie du corps que l'on a atteinte. Alors le sabre a certainement dû y pénétrer.

Ce coup se donne d'avant en arrière. On peut aussi, par des mouvements inverses, le donner d'arrière en avant; mais il est toujours d'une moindre efficacité.

Nombreux seront ceux qui, croyant donner un coup de tranchant, ne frapperont que du plat du sabre. C'est au maître à rectifier sans cesse, à déclarer impitoyablement nuls les coups de plat, d'où le tireur ne retirerait, le cas échéant, que des déceptions dangereuses pour lui.

Les attaques.

On compte sept attaques principales qui sont: 1° Le coup de pointe; 2° le coup de tranchant à la tête; 3° à la figure, à droite et à gauche; 4° à la banderolle; 5° au flanc; 6° à la manchette; 7° au ventre.

Le coup droit est rare, parce que; dangereux

il expose au coup double; si le moment, cepen
dant, paraît propice, couvrez-vous par opposition ou en levant la main; précaution, d'ailleurs,
prudente, quel que soit le coup que l'on porte,

Coup d'arrêt à la manchette.

mais particulièrement opportune en matière
de coup direct.

Mieux vaut battre ou s'emparer du fer,
marcher, recourir à une feinte, tous moyens
qui ébranleront la garde adverse. Ou encore

attendre, forcer l'adversaire à employer ces procédés, à cette fin d'en profiter.

Les principales attaques composées sont :

1° Feinte de coup de pointe ; 2° de coup de tête ; 3° de coup de ventre ; 4° de coup de flanc ; 5° de coup de figure ; 6° de coup de taille ou bien une combinaison de ces coups.

La feinte de coup de taille est la seule vraiment propice au coup droit, car l'adversaire ne peut pas ne pas se découvrir, surtout si la feinte est bien esquissée, c'est-à-dire le bras à demi tendu, puis se détendant pour le coup de pointe.

On sait que la feinte n'est autre chose qu'une fausse attaque, destinée à tromper l'adversaire, à l'obliger à se découvrir pour user de l'ouverture et frapper la partie découverte. Elle exige beaucoup de netteté et de décision.

Une feinte qui réussit souvent est celle qui consiste à paraître se découvrir ; l'adversaire se précipite sur ce qu'il croit être une faute ; mais on pare et l'on riposte. Cela s'appelle une *invite*.

Lorsque, votre coup étant paré, vous insistez sur ce même coup pour aboutir au touché, c'est une *remise*. Il se peut que l'adversaire

Attaque au ventre, esquive et riposte à la tête.

ait mal paré ou qu'il se découvre après sa parade, sans riposter, ce qui vous eût obligé, à votre tour, à parer.

Si l'adversaire ne riposte pas après avoir paré, vous profitez de ce que vous êtes *fendu*, pour essayer une nouvelle attaque. C'est alors une *reprise*, moyen dangereux, d'ailleurs, d'où peut sortir un coup double.

Si l'adversaire rompt sur votre attaque, vous marchez en retirant l'attaque. Ce coup se nomme *redoublement*.

La *tension* est l'action de tendre le bras, non seulement pour profiter d'une faute, d'une ouverture inattendue, dont il y a hâte à profiter, mais aussi pour chercher quand même à piquer l'adversaire.

Si votre adversaire se découvre, vous lui portez une attaque simple. C'est un *coup de temps*. De même, si vous rompez ses préparatifs par une attaque directe. Les coups de temps les plus usuels sont le coup de pointe à la poitrine et le coup de manchette. Pour le coup de pointe à la poitrine, sur une attaque composée, couvrez-vous bien, après avoir, autant que possible, jugé l'attaque, et par l'élévation de la main, si vous craignez un coup à la tête.

Le coup à la manchette se porte partout, à droite, à gauche, au-dessus, au-dessous; mais prenez la précaution d'une esquive, dès qu'il sera porté.

Le *coup d'arrêt* est le coup de temps qui suit la faute de l'adversaire; il exige la vision très nette de cette faute et une excessive rapidité de détente, car il s'agit de prévenir le coup qui va être porté et aussi d'éviter le coup double, pour ainsi dire, assuré.

Mais, il se peut que cette faute de l'adversaire soit préméditée et qu'il ait voulu tendre un piège, afin de riposter. C'est ce que l'on nomme le *contre-temps*, très utile contre les tireurs amateurs de *temps* fréquents ou de tensions nombreuses.

Parades et ripostes.

La parade, le mot est clair, est le mouvement qui détourne, soit avec le sabre, soit par un brusque mouvement du corps, appelé *esquive*, le coup porté par l'adversaire.

Avec le sabre, on repousse le fer adverse en dehors de la ligne et on l'y maintient; c'est une *opposition;* ou bien on le chasse par un choc plus ou moins violent, ce qui est une *parade détachée,* en ayant soin, dans les deux cas, de rester couvert contre une remise possible.

Pour parer: 1° on oppose, tranchant contre tranchant, son fer au fer adverse, en s'écartant le moins possible de la ligne. L'essentiel, surtout si l'on se bat au sabre de cavalerie, beaucoup plus lourd, c'est de prévenir le coup, d'aller au devant du fer, car un coup porté avec vigueur ne peut être évité, si le défenseur le laisse se produire, quelle que soit, dans ce dernier cas, la fermeté de la défense; 2° on enveloppe le fer par un mouvement circulaire, pour le ramener en ligne; c'est alors un *contre.* Les contres sont dénommés contres de prime, de seconde, de tierce, et de quarte.

La *riposte* est le coup que l'on porte, aussitôt après la parade. *Simple,* quand elle ne comporte

Parade de quarte basse.

Parade de prime.

qu'un seul mouvement; *composée*, si elle se
produit après une ou plusieurs feintes. En ce
dernier cas, se défier, si l'adversaire ne répond
pas aux feintes, de la remise, du coup double
ou du coup d'arrêt.

Si la riposte est parée et qu'un nouveau
coup soit porté, il y a *contre-riposte*; elle se
fait le plus généralement étant fendu.

Les parades sont au nombre de quatre:
prime, seconde, tierce, quarte.

En prime, la poitrine, le ventre, la figure,
et le côté gauche du corps sont couverts; en
prime basse, les cuisses et les jambes.

En seconde, le dessous du bras et le côté sont
protégés; en seconde basse, on baisse légèrement la main, quand les jambes sont menacées.

En tierce, c'est la ligne à droite et le flanc
qui sont couverts; en tierce basse, la main au
niveau de la hanche couvre le côté droit.

En quarte, c'est la poitrine, la figure
à gauche et le côté gauche qui sont à

l'abri, avec la quarte basse, c'est le ventre.

La riposte à la parade de prime est un coup de taille au flanc, ou un coup de pointe à la poitrine, si l'on n'abandonne pas le fer. Dans le cas contraire, le coup doit aller au ventre, à la tête ou à la figure à gauche.

La riposte à la parade de seconde sera le coup de pointe à la poitrine ou au ventre, sans quitter le fer, ou, en le quittant, à la figure, au flanc ou à la tête.

La riposte à la parade de tierce, sans abandonner le fer, atteindra la tête, la figure à gauche ou la poitrine.

La riposte à la parade de quarte ou de quarte basse visera la figure à droite, la poitrine ou la tête; si l'on abandonne le fer, coup de taille au flanc et au ventre, figure à gauche.

Entraînement et hygiène

L'escrime au sabre est un exercice plutôt violent qui ne se doit commencer qu'à l'âge où les muscles offrent une suffisante résistance, à l'âge adulte.

Comme préparation à l'escrime au sabre, plus lourd et moins maniable, le fleuret est tout indiqué, qui développe le jugement, la promptitude de réflexion et d'exécution, assouplit et fortifie le corps; puis, si l'on veut, un peu d'escrime à l'épée en plein air, qui apprend la *mesure*, c'est-à-dire la notion de la distance.

Il est excellent, lors de ses débuts, que le futur escrimeur fasse alternativement des deux côtés, droit et gauche, ses premiers exercices; ce, afin d'éviter le développement anormal du côté qui travaille seul, la déformation du corps, le grossissement de la cuisse et du mollet. Pour le sabre, en particulier, les hommes de l'art recommandent les moulinets diagonaux ou verticaux, avec un sabre plus lourd que le sabre d'étude.

Les leçons, très courtes, d'abord, ne devront pas, ensuite, dépasser une durée de dix à douze minutes, les mouvements seront décomposés en détail et avec lenteur, afin que l'élève se les assimile sûrement; la rapidité viendra plus tard, aussi grande que possible.

Prenez une douche, après la leçon, après avoir consulté votre médecin; ou, en tout cas, égalisez la circulation du sang par une friction au gant de crin.

Vêtement.

Pantalon de toile, sandales, veste, masque, gant et protège-coude, telle est la garde-robe de l'amateur de sabre.

Mais le pantalon sera doublé, en avant, d'une forte toile à voile et, pour l'assaut, d'un cuissard en cuir souple; les sandales seront en buffle et sans talons; la veste, de toile rembourrée sur l'épaule — ou épaulettes en fort cuir — aura le devant doublé de toile à voile et le dessous du bras triplé; le masque, en treillis de gros fil de fer, garantira contre les lames

brisées; il sera rembourré, sur les côtés et sur
le sommet de la tête, et se prolongera assez
loin pour donner une protection efficace; le
gant, également rembourré, s'ornera d'un crispin
dur, montant à moitié de l'avant-bras; enfin,
le protège-coude, petit appareil en cuir, retenu
par deux courroies, garantira des coups à cet
endroit toujours très douloureux.

Le règlement d'assaut.

Voici les principales dispositions du règlement
pour les assauts ou concours de la Société
"Le Sabre", règlement universellement adopté
en pareille matière.

Le président du jury a, seul, la direction
des assauts et, seul, prend ou donne la parole.
C'est lui qui indique la nécessité ou l'utilité
d'un repos, pendant l'assaut, et qui, en cas de
corps à corps ou d'acculement de l'un des
tireurs à sa limite, les remet à leur place.

Chaque tireur est vêtu d'une veste blanche,

montant haut, de couleur claire et d'étoffe solide ou rembourrée. Les masques, à doubles treillis seront du modèle adopté par la Société, ou par le jury.

Les tireurs seront mis en garde par le président, qui pourra arrêter le combat, quand il jugera terminée la phase d'armes.

Dans les assauts de combat, tout coup compte. Dans les autres, ne sont pas valables ceux qui atteignent les parties inférieures à l'aine, soit les cuisses, soit les jambes. Les tireurs doivent annoncer les touches. Le coup d'arrêt, porté sur une attaque qui a touché, est nul. Le coup double est bon pour celui des deux tireurs qui porte la dernière attaque ou une riposte non parée.

Ne peuvent être jugés les professeurs dont l'élève prend part à l'assaut.

La durée des assauts est de sept minutes, non compris les repos. Ceux-ci ne s'accordent que d'accord avec les tireurs.

Le classement se fait d'après les règles de la *poule*. Celui qui a le plus souvent touché est le vainqueur. Dans chaque poule, c'est le nombre de victoires qui détermine le classement. En cas d'égalité, le jury a le dernier mot, soit pour ordonner une passe supplémentaire, soit pour déclarer vainqueur le tireur de qui la science lui aura semblé l'emporter nettement.

Les Sociétés.

La principale Société, qui fait du sabre l'objet de ses études et de sa propagande, est la Société „Le Sabre". Elle a été fondée, il y a 15 ans, en 1897, par un groupe d'escrimeurs parmi lesquels le capitaine de La Falaise, MM. Thomeguex, G. Voulquin, Boisdon, pour ne citer que les plus connus. „Le Sabre" organise, chaque année, un grand concours entre les professeurs militaires.

La „contre-pointe" est l'œuvre de M. Boisdon, qui l'a créée en 1900.

TABLE DES MATIÈRES

Les
Vingt meilleurs mouvements

de la

Gymnastique Suédoise

PAR LE

Dr. W. HAMSTRONG.

***

Cet ouvrage se compose de 20 planches et textes explicatifs donnant la décomposition des 20 principaux mouvements de la Gymnastique Suédoise.

Prix : 95 Cent.

En vente aux EDITIONS NILSSON,
73, Boulevard St-Michel, Paris, et chez tous les Libraires.

La Pêche pour Tous

PAR

J. H. PERREAU

Rédacteur en chef de la „Pêche moderne".

LA PÊCHE POUR TOUS est un volume spécialement écrit à l'usage des débutants dans l'art de la pêche en eau douce.

Le vieux pêcheur y trouvera cependant son compte car à côté des explications claires sur la pêche qu'il connaît déjà, il rencontrera dans ce volume quantité de procédés et de recettes du plus utile effet.

Ce **Guide du Petit Pêcheur**, intéressant à consulter, contient de nombreuses illustrations photographiques qui aident à la compréhension d'un texte attrayant et pratique.

Le volume est illustré par

80 PHOTOGRAPHIES

Prix: 2 Fr.

En vente aux ÉDITIONS NILSSON,
78, Boulevard St. Michel, Paris,
et chez tous les libraires.

Le Docteur pour Tous

PAR

Le Docteur GUERDER

de la Faculté de Paris

Ce manuel de la santé pour tous est destiné à un très grand succès, que lui assureront les inappréciables services qu'il peut rendre en même temps que la modicité de son prix.

Lorsqu'il s'agit de la question de nos intérêts matériels, de l'amélioration de notre bien-être, nous oublions trop facilement que la santé est le plus utile des biens et nous ne nous préoccupons pas de nous protéger contre la maladie.

Nous ne savons ni comment nous soigner, ni comment nous guérir. Ce qui nous manquait à tous, c'est un guide sûr, un initiateur à bon marché, qui nous mit à même de nous soigner ou de donner des soins éclairés à nos proches, avant l'arrivée du médecin.

Le Docteur pour Tous est donc le livre qui était nécessaire et qui sera apprécié de tous ceux qui l'auront souvent consulté.

Prix: 1 fr. 50

En vente aux ÉDITIONS NILSSON,
73, Boulevard St. Michel, PARIS.

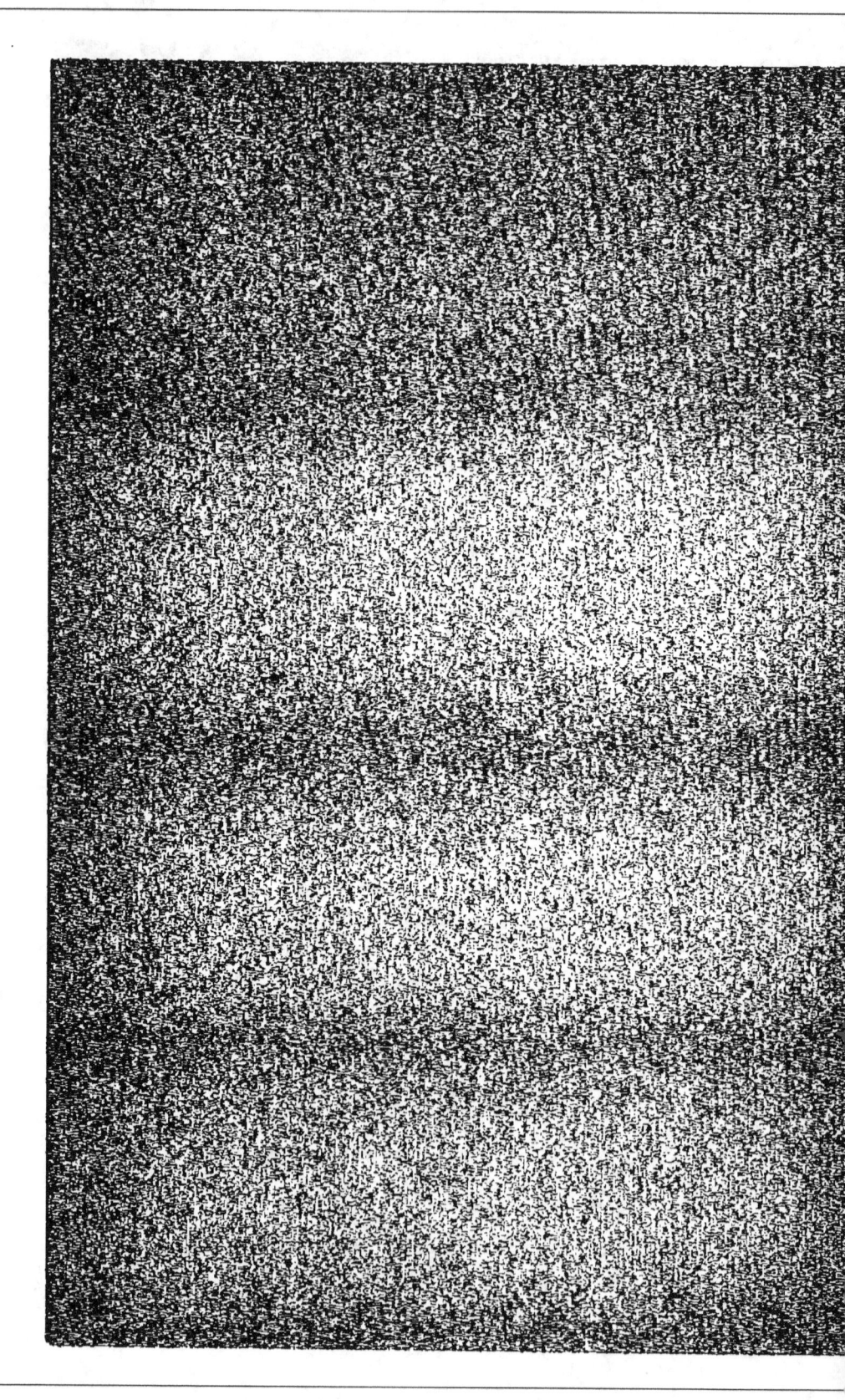

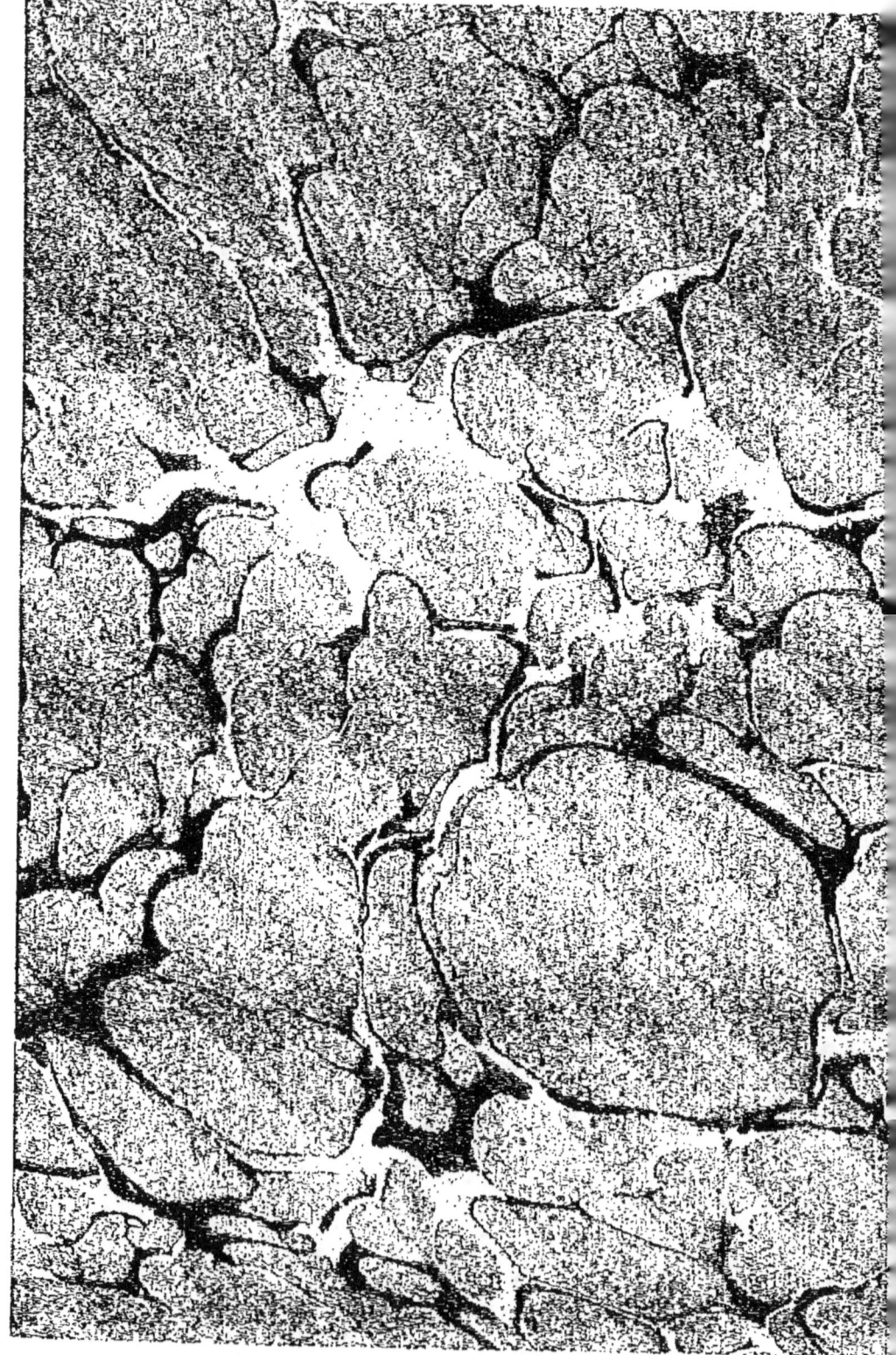

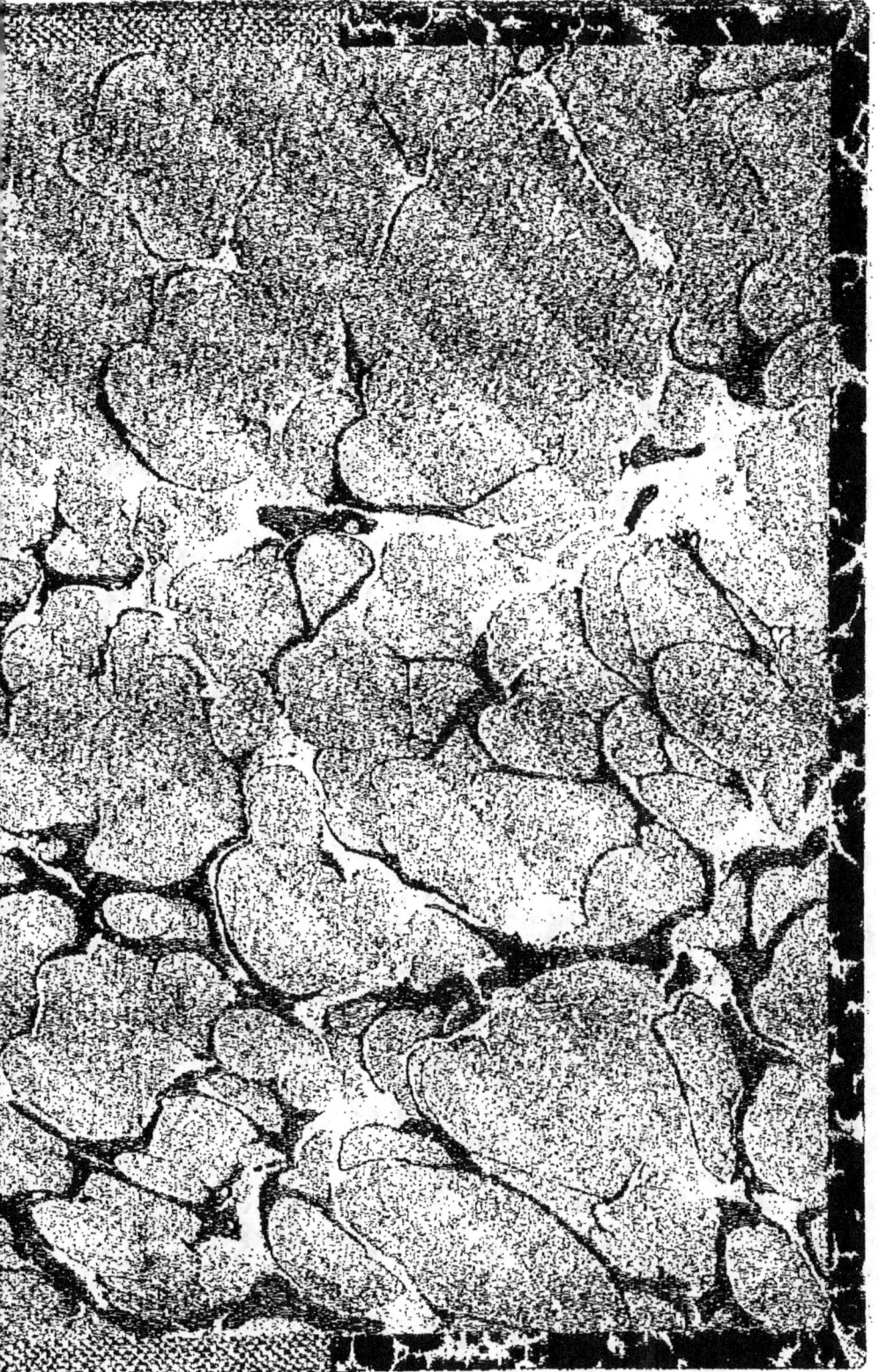

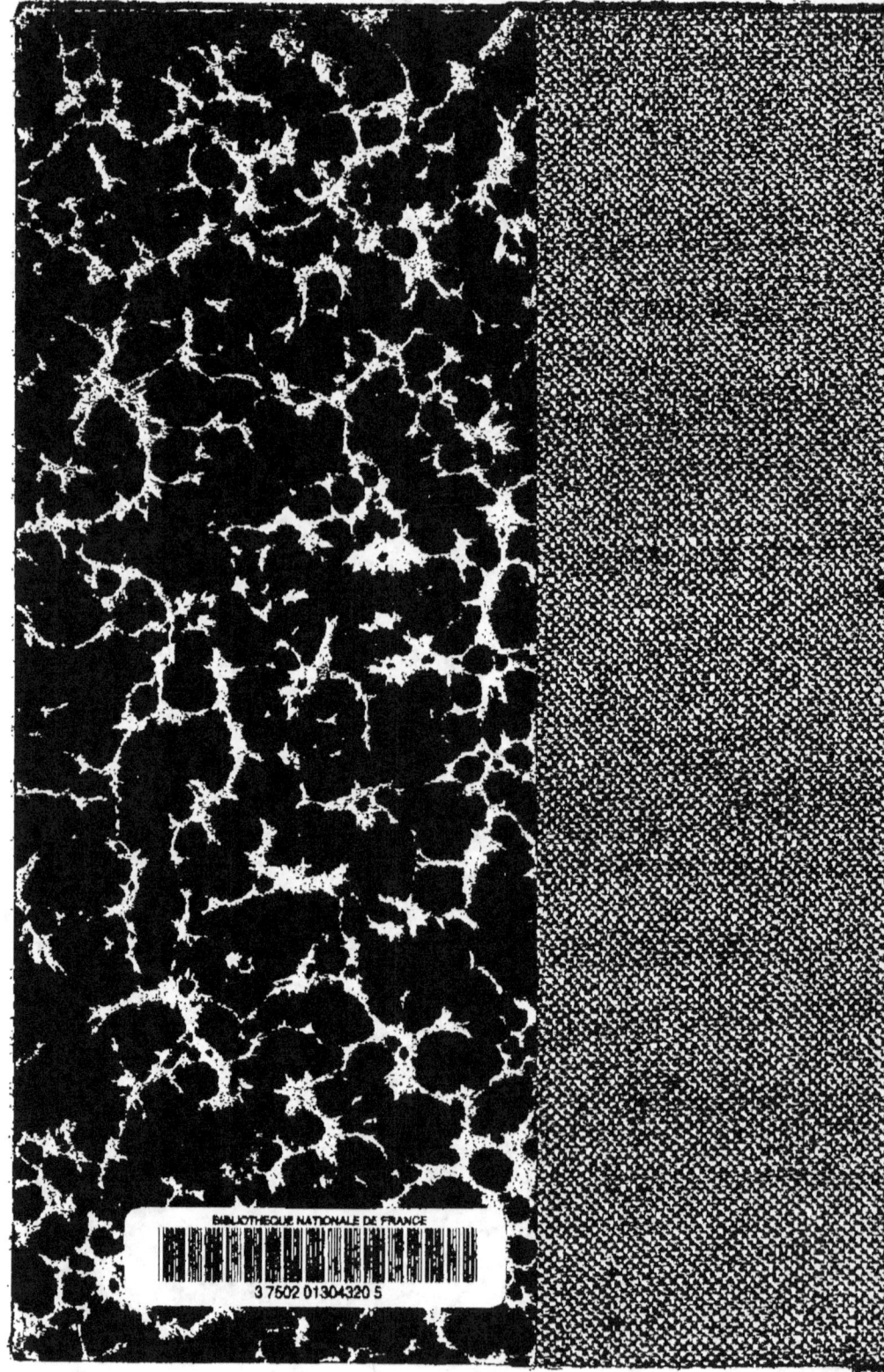

www.ingramcontent.com/pod-product-compliance
Lightning Source LLC
Chambersburg PA
CBHW070817250626
47170CB00006B/2138